KB267867

# 내 안의 매미

# 내 안의 매미


**초판 1쇄 인쇄**   2012년 11월 20일
**초판 1쇄 발행**   2012년 11월 27일

**지은이**   이 동 훈
**펴낸이**   손 형 국
**펴낸곳**   (주)북랩
**출판등록**   2004. 12. 1(제2012-000051호)
**주소**   153-786 서울시 금천구 가산디지털 1로 168,
우림라이온스밸리 B동 B113, 114호
**홈페이지**   www.book.co.kr
**전화번호**   (02)2026-5777
**팩스**   (02)2026-5747

ISBN 978-89-98268-41-1  03810

# 내 안의 매미

이동훈 지음

book Lab

# 책 머리에

여름이 좋아 즐기는 사람이 있을지라도 혹서는 피하고 볼 일이다. 개중에는 피서를 나섰다가 더위를 먹고 퍼더버리는 이들도 있다. 작금의 정말 찜통 같은 여름을 매번 당해야 할 일을 생각하면 지구를 떠날 생각이 절로 든다. 지독해 못 견뎌 했던 지난해 여름은 그래도 등단 신인상이라는 희소식이 날아들어 더위와 무료함을 한 방에 날려버린 청량감을 맛보았다. 그러나 올여름은 해도 너무하고 말이 안 되는 기상으로 모두가 절망에 빠져있다. 태풍이 한 달 사이에 네 개씩이나 들이닥치니 손쓸 틈도 숨 쉴 새도 없었다.

이미 병든 지구환경은 철저히 인간을 향해 삿대질해 대고 있다. 그럼에도 며칠을 지나니 어느덧 청명하고 높은 하늘을 내보이며 환경파괴 책임을 유예하는 듯하다. 나는 가을을 좋아하는 만큼, 9월을 지나면서 해야 할 일들이 차례를 기다리고 있다.

자전적 에세이 「추억의 곱다란 쪼가리」를 선보인 후 5년을 지나면서 이제 두 번째 책을 내어 놓는다. 세상을 혜안으로 주시하며 옥고를 내어 놓으리라는 절차탁마의 각오는 심심소일이 되고 어줍은 졸고를 내놓게 되어 심히 부끄럽고 민망하다.

　한 권의 책이 나오기까지는 세월을 낚는 강태공의 인내가 필요한지 모른다. 진솔함을 최상의 가치로 삼는 수필은 쾌재의 날과 울가망함을 지고 된비알을 넘는 나름의 출산의 산고가 있는 법이다.

　신변잡기 속에 세상을 향한 교훈적 질문을 던지는 메시지를 담고 싶었다. 어설프게 얼기설기 엮으니 어느덧 송아리가 되어 모습을 드러낸다. 늘 깨닫는 것은 무지몽매함이나 그럼에도 쓸 수 있는 달란트를 주시고 기회와 여건을 만족케 하시는 하나님께 감사를 드린다. 이번 출간은 형제 골육지친들의 십시일반 정성이 곁들어 있다. 특히 불황인데도 많은 힘을 쓴 둘째 매제가 고맙다. 또한, 동반자로 신앙의 동역자로 삶을 관조하며 자리를 지키는 아내가 있고 멀리 일본에서 가까이 대구에서도 아비를 염려하며 격려하는 딸들의 가정이 있다. 끝으로 글을 읽는 모든 이에게 하나님의 풍성하신 은혜와 복을 기원한다.

2012년 10월<br>
이 동 훈

# 차례

## 3부　사명의 길을 생각하며 · 129

# 내 안의 매미

1부

불편한 세상을
바라보며

# 철없는 세상

온난화로 이해 지구곳곳에 기상이변이 나타나 난리를 겪는다. 그 피해는 상상을 초월하는 재난으로 나라마다 속수무책으로 당할 수밖에 없다. 중국은 수해로 인한 이재민이 4천만을 넘어 우리나라 전체 인구를 초월하는 상황이 일어나고 있다.

작금의 지구의 기상이변은 무분별한 개발로 하여금 병들고 파괴된 환경 때문이란다. 우리나라도 예외 없는 직격탄을 맞고 있는데 이번 여름은 폭염과 잦은 비, 태풍으로 인해 농업기반이 흔들려 일차 생산물 수급이 원활하지 못해, 도시 사람들도 치솟는 물가로 어려움이 가중되고 막연히 하늘이 도와주기를 기다리고 있는 형국이다.

무더위 기승은 절기에 따른 자연 변화의 기대를 무색게 하고 오직 달력에만 표기된 채 후끈한 벽에 달려있다. 처서가 지나 백로가 앞인데 더위는 식지 않는다. 우스갯소리지만 실로 지구를 떠나고 싶다. 생각하면 이 땅에 속한 모든 인류가 자연환경을 사랑하지 못한 결과이고 황폐해진 지구는 그 책임을 지금 우리에게 묻고 있는 것이다.

우리는 속히 대답하고 치유와 보존책을 적극 강구해야 한다. 그 것은 생활 속의 미미한 것부터 시작되는 것인데 탄소배출량 줄이기 이며 환경을 대하는 자세와 인식을 새롭게 하는 것이다.

"하나님이 그들에게 복을 주시며 하나님이 그들에게 이르시되 생육하고 번성하 여 땅에 충만하라. 땅을 정복하라. 바다의 물고기와 하늘의 새와 땅에 움직이는 모든 생물을 다스리라 하시니라." (창 1:28)

하나님께서 천지를 창조하시고 인간에게 복을 주시며 다스리라 는 것은 하나밖에 없는 지구 환경을 보전하며 가꾸라는 의미이다. 인간의 욕망을 충족키 위해 파괴하고 훼손하는 정복이 아닌 자연 과 더불어 상생하라는 명령인 것이다.

철부지 같은 인간이 지나간 흔적은 멸절과 황폐와 요염뿐이다. 당장 철부지 사고와 인식에서 깨어나는 숙제를 풀어야 한다.

휴가철이면 사위가 준비하는 2~3일 정도의 떠남의 재미를 가지 는데 길고 숨 막히는 이번 여름도 배려해주는 기회를 놓치지 않으 려고 차를 몰았다. 그러나 그 며칠 뒤 좋았던 느낌을 반감시키는 한 장의 고지서가 날아들었다. 경찰이 보낸 신호위반 범칙금 내역 이었고 꼼짝없이 물어야 했다.

하지만 그냥 넘어갈 수 없는 이슈가 생겼으니 지금의 정부가 집권 후반기를 맞으며 '공정한 사회'라는 대국민 슬로건을 내 걸고 개각을 단행하고 있지만 돌아가는 꼬락서니는 그렇지 못하다. 총리와 각료들의 인사청문회를 보고 있노라면 울화통과 치밀고 서글픔이 짓누른다. 징역형에 해당하는 각종 불법을 저지른 소위 고위 공직자들의 법적 잣대는 꼬박 범칙금을 물어야 하는 소시민과는 괴리감이 크다.

우리나라는 고위공직자가 되려면 먼저 갖추어야 할 덕목이 있는데 부동산 투기, 탈세, 병역기피, 논문표절, 위장전입, 거짓말하기 등 백화점 나열식 메뉴를 섭렵해야 한다. 그리고 형식적인 인사청문회를 거치면 되는데 약간의 성의 있는 태도 즉 '죄송합니다.' '반성합니다.' '다음부터 잘하겠습니다.'란 말과 허리만 조금 굽히면 통과된다.

정말이지 위법, 탈법으로 돈을 벌고 명예도 얻어 고위공직에 앉겠다는 이 후안무치한 일이 세상에 어디에 또 있겠는가….

해도 너무하고 염치도 철도 없는 정치판이다. 철든 사회의 정의는 어느 관점에서 적용해도 진실과 신뢰를 획득할 때이다.


"이 세상도 그 정욕도 지나가되 오직 하나님의 뜻을 행하는 자는 영원히 거하느니라." (요일 2:17)

요즈음 매스컴을 대하면 자살 사건이 빠지는 날이 거의 없다. 생활고로 한 식구가, 독거노인이 처지를 비관하며, 청춘남녀가 세상을 원망하며, 기러기 아빠가 우울증으로, 청소년이 학업의 중압감과 왕따를 못 이겨, 게임에 몰두하는 아들이 꾸짖는 아버지에 분개해서 등등 사회의 병폐는 심각하고 무대책이 상책인 현실이다. 어제는 여중생 2명이 다리 위에서 뛰어내렸다. 다행히 물이 불어 떠내려가다가 구조됐다. 이유는 몸이 아픈데 선생님께서 '꾀병'이라며 꾸지람을 하고 자신들의 맘을 알아주지 않는데 속이 상해서 뛰어 내렸다 한다.

사람이 철이 든다는 것은 관계 속에서 사리를 가져 처신할 수 있는 능력을 갖추는 것을 의미한다. 작금의 우리 주위는 구석구석 철부지 같은 사람이 많고, 자괴지심을 가지는 자가 드물다. 패악한 양심의 소유자들이 판을 치는 요지경 철없는 세상이다. 급속한 사회현상에 노출되지만, 우리의 정서와 윤리와 도덕적 가치관은 따라가지도 자리 잡지도 못하는 정신적 공황 상태라 해도 과언이 아닐 듯싶다. 부모들이 철이 없으니 자녀가 보고 배울 양식적 가치가 없고 아이들의 기를 살리겠다고 버릇 교육을 외면하고 예의 없고 이기적인, 몸은 성숙하지만 약간의 어려운 외부 환경에 적응하지 못하는 심약자로 키운다. 그래서 인내하지 못한다. 고생을 모르고 온실에서 하고 싶은 대로 자랐기에 충격을 이겨내지 못하고 돌발적이고 충동적인 것을 행동으로 옮기고 마는 것이다. 따라서 학교 교육도 균형 있는 인간성 교육을 위한 부분을 감당하지 못하고 줄 세우기식 일류를 향한 무 개성한 공부벌레를 양산하고 있다.

어른들은 도덕적 불감증으로 자기 분야에서 신뢰를 잃고 독선적이며 무정하고 주변을 배려할 줄 모르니 황량한 사회는 더욱 어두워지는 것이다. 이제부터라도 우리 모두는 주어진 곳곳에서 철부지의 생각을 고치고 정신을 차리자. 철이 들자. 그래야 희망이 보인다.

"너희는 이 세대를 본받지 말고 오직 마음을 새롭게 함으로 변화를 받아 하나님의 선하시고 기뻐하시고 온전하신 뜻이 무엇인지 분별하도록 하라." (롬 12:2)

# 롱코트의 비애

그 이전부터 이기도 하겠지만 일제 강점기와 해방을 맞고 그 공간을 거쳐 동족상잔의 시기를 지날 때 나라는 정치, 사회적으로는 이념의 갈등과 혼란의 극으로 내몰렸고 도탄에 빠진 경제는 궁핍과 피폐한 상황이었음은 다 아는 바이다.

생민의 삶은 의식주 해결에 전부를 걸지만 남루한 형편을 벗어나기는 요원한 형국이었다. 그 시대를 지나온 이들은 지금의 제 환경을 두고 격세지감을 느낄 것이다. 물론 지금껏 살아있는 자들에 한하겠지만 모든 영역에서 풍요한 시대임은 틀림이 없다.

나 역시 혼란과 시련의 시대를 거쳐 살아왔기에 이를 두고 할 말은 많으나 대충 짚고 넘어가야 할 것 중 하나는 먹는 것 다음인 몸에 걸치는 옷 이야기이다. 그 당시에는 원조 물품이 많이 들어 왔는데 배급 중 구제품 옷은 누구에게나 골라 알맞게 나눠진 것이 아니라 그때 그 상황이 허락하는 범위에서 얻어걸리는 것이라 막상 입을라치면 웃지 못할 일이 많았다. 운이 좋으면 멋들어지고 얼추 몸에 맞는 놈이 걸릴 수도 있었다.

옷 대부분이 서양인 특히 미국인들이 입던 옷이라 처음부터 사이즈가 맞지 않아 어릴 때의 눈에는 거인의 나라에서 온 옷으로 여겼다. 셔츠 하나에 동생들과 둘러쓰고 이쪽저쪽으로 팔을 내밀고 끄집어 내리면 발끝을 덮고도 남는 길이였으니 그게 우리가 입을 옷이 아니었던 것이다. 혹 손재봉틀이 있는 집에 솜씨 있는 아낙네들은 멋들어지게 줄여 식구들의 몸에 맞추어 입히고 새로 산 옷이라며 뽐냈다. 그렇지 않은 집들은 바느질로 손질해 입지만 길거리에서 만나면 재 모양이 안 나고 우스꽝스럽고 직조된 통 넓은 한복 꼴이다.

다섯 살 그해 겨울에는 어머니가 국방색 담요를 잘라 만든 옷을 입고 얼어 죽지 않았다. 그때의 겨울은 몹시도 추웠고 지금의 평년 기온과 별 차이가 없었겠지만, 아마도 추위를 이길 만한 먹거리와 입을 옷이 부실했던 탓 일 것이다. 내복을 입었으나 별 보온이 안 돼 바람이 송송 들어오고 콧물이 흐른다.

특히 겨울엔 누른 콧물을 흘리는 아이들이 많았다. 학교 입학식 땐 왼 가슴에 아예 콧물 받침이 손수건을 달아내려 통일성을 보여 주기도 했다.

1953년에 우리나라 최초로 나일론이 수입되어 유행하기 시작했는데 속옷이나 겉옷 할 것 없는 나일론의 일색이었다. 그럼에도 입을 거리가 귀하고 비싸니 지금처럼 춘하추동 철철이 구색을 갖춰

입기란 불가능했고 일 년을 두 절기로 나눠 춘추복으로 상반기를 추동복으로 하반기를 입고 지내야 했다.

약속해 놓고 채비를 차리는 일은 만남의 성격에 따라 다소 다를 수 있겠으나 겨울에 만남은 대체로 겉옷이 잠바나 사파리가 아니면 오버코트 정도이다. 특히 두꺼운 외투는 오래 입게 된다. 요즈음은 제조 기술과 원단이 좋아 여지 간해서 닳지 않으니 한번 산 옷은 유행이 지나도 개성인 양 눈 질끈 감고 입고 다닐 수밖에 없다.

오늘 만남도 품위를 필요로 하는 자리인지라 양복 위에 코트를 걸치고 나섰다. 지금 유행하는 오버코트의 길이는 7부인데 내 옷은 무릎 밑을 치렁거리는 롱코트이다. 군살 없는 몸이기도 하지만 체형 상 엉덩이를 덮어 내리는 긴 옷이 잘 어울리고 착용감도 좋아 즐겨 입는다. 이 롱코트는 입은 지 이십 년이 지난 고전풍 스타일이라 조금은 눈총이 예상되었지만 이때까지 걸쳐 입었고 오늘도 여상이 볼일을 마쳤다.

귀가 중 버스를 타기 위해 정류장에 섰는데 여고생쯤으로 보이는 두 명 중 한 명과 시선이 마주쳤다. 그 여학생은 순간적으로 내 옷차림을 아래위로 훑어보고는 이내 옆 친구에게 귓속말을 건넨다. 짧은 순간이지만 그 여학생의 예사롭지 않은 눈초리를 감지한 나는 눈길을 돌려 엇비슷한 자세로 그들의 동향을 살폈다. 아니나 다를

까 귓속말을 들은 친구가 나를 향해 고개를 돌린 후 역시 아래위를 금시 훑어보고는 웃기 시작한다.

여고생 시기는 굴러가는 쇠똥을 보고도 웃으니 별스럽지 않은 일에도 웃음보가 터진다. 하지만 지금은 이들은 서로 어깨를 치고 두들기며 킬킬거린다. 아뿔싸~ 틀림없이 유행에 뒤진 옷차림을 보고 웃는 것이다. 드디어 올 것이 왔음을 직감하는 순간이다. 창피하고 부끄럼이 밀려든다. 어쩌면 이렇게 생각지도 않은 순간에 망가질 수 있단 말인가. 그때부터 초라해져 사람들의 시선과 내 꼴을 번갈아 가며 살피기 시작한다. 상점의 쇼윈도에 비춰보며 옷매무새를 본다. 어딘가 숨어들고 싶기도 하고 기다리는 버스는 더디게 오는 것 같고 이미 여학생들의 눈총을 피할 길이 없었으나 다행히 그들의 기다리던 버스가 먼저 도착했다. 그들은 떠나기 전까지 눈살을 날려 나를 충분히 망가뜨려 놓았다.

그들이 떠난 후에도 몸을 도사리고 찜찜하게 섰다가 겨우 버스에 올랐다. 따지고 보면 여학생들을 웃게 한 이유는 충분했다. 롱코트가 유행한 후 이십 년이 지났고 그들은 나이 십칠 팔 세면 생전 보지도 못했던 지금의 7부 코트가 아닌 희귀 롱코트를 봤으니 어깨를 들썩이며 웃을 수밖에 없었고 그들의 눈높이와 시기 감각으로 판단했으니 당연한 일이었으리라….

사전적 유행의 의미는 특정 시기에 널리 받아들여지고 채택되는 스타일 또는 생활양식으로 새로운 것을 추구하며 주기적인 특성을 있는 하나의 사회적인 집합현상이라 볼 수 있다 한다. 따라서 유행의 주기 기간은 일반적으로 7~9년 정도이고 고전적인 디자인은 15~20년 정도다. 그러니 오늘 내가 걸친 롱코트는 고전적 디자인으로 봐야 한다.

사실 겨울이 다가올 때마다 조마조마하던 일이 어느 날 갑자기 십 대 여학생의 예리한 눈총으로 망가졌다. 그러나 회자하는 말 중 '유행은 돌고 돈다.' 했으니 돌아올 시기를 생각해 이참에 길이를 조금 잘라 볼 요량이다. 성경은 이미 3천 년 전에 솔로몬의 '전도서'를 통해 세상일을 간파하고 있다.

"이미 있던 것이 후에 다시 있겠고 이미 한 일을 후에 다시 할지라 해 아래에는 새 것이 없나니" (전 1:9)

#  커피숍 유감

인간은 자의든 타의든 간 소통과 불통의 환경에 노출되고 이를 극복하기도 하지만 그 요인에 파묻혀 지난한 시간을 낭비하기도 한다. 소통의 반대 개념이 막힘이라면 그것은 경색을 일으키고 우리의 삶을 피폐하게 만든다.

몸도 마음도 가정과 사회도 경제와 나라의 정치 환경도 그러하다. 모든 개체에서 소통은 신진대사를 원활히 하게 하므로 건강한 환경을 만들 것이다. 소통은 언제나 여건과 경계를 하고 똬리를 틀고 쌍방의 사이에 나누어져 있다. 따라서 상대를 향한 배려심과 섬김과 봉사의 전달이 이루어진다면 소통의 문은 열릴 것이고 그것은 성숙한 의식의 결과이기도 하다.


지난 년 말 해의 끝자락에서 지인을 만나 모처럼 자갈치의 해풍을 맞으며 저녁 식사를 마치고 남포동으로 나왔다. 세말의 분위기에 젖어볼 겸 차를 한잔하기로 하고 두리번거리다 커피숍 한 곳에 들어갔다. 문을 열고 들어서는 순간 앞장섰던 나는 입구에서 멈칫

거리고 굳어 버렸다. 분명 커피숍의 간판을 보고 올라왔지만, 출입문을 열고 본 실내 구조는 너무나 낯선 풍경으로 다가왔고 반사적으로 종업원에게 묻는다. "이곳이 커피숍이 맞나요?" 그렇단다. 틀림없는 커피숍은 맞다. 그러나 지금껏 우리가 경험했던 그 환경이 아니었기에 저어기 놀라고 당황했다.

우리의 머뭇거림은 변화하는 시대와 문화 환경에 적응하지 못한 무지와 게으름에 다름 아니었다. 이왕에 맘을 단단히 차리고 들어가기로 했으나 벽을 보고 들어가는 기분이다. 좁은 각각의 공간을 위해 커튼을 치고 자기들만의 장소가 되어 구획 지어 삭막한 갇힘과 막힘과 벽의 문화로 변해있는 모습을 보고 있는 것이다. 예전에 우리가 즐겨 찾던 넓은 공간은 이미 사라졌고 어디에도 넓은 곳을 향한 시선을 던질 자리가 없다. 눈앞에 부딪혀 오는 드리워진 커튼 막이 전부다. 답답하고 갑갑하여 도로 나오고 싶었지만, 더 늦기 전에 세대 차이를 극복하고 문화충격을 감수하기로 했다. 모든 은밀한 문화는 기본적으로 칸으로 규정되고 그 안에서 그들은 자유롭다.

종업원은 우리를 별로 반기는 것 같지 않은 눈치였는데 지금의 이 공간에 어울리는 손님이 아니라는 것이다. 따라서 우리는 노출된 한쪽 구석진 곳에 간신히 놓인 탁자 쪽으로 안내되어 자리했다. 전체 면적 중 드리워진 칸의 커튼 공간이 거의 차지하고 유일하게 개방된 장소에 앉은 우리는 손님의 들락거림을 볼 수 있었다.

모두들 이성의 짝들로 보였고 종업원의 안내에 따라 주문한 차를 건네 받고는 이내 커튼을 닫아 버린다. 지급한 만큼의 자기들의 공간을 확보했다는 의미이고 그 누구의 간섭도 받지 않겠다는 단호한 표현이다. 그들만의 장소이고 어떤 근접이 용인되지 않는 치외법권적 공간인 셈이다.

외부와의 단절된 그곳은 그들에게 어떤 시간과 문화의 의미가 있을까? 바로 옆쪽의 한 칸에서 십 대의 짝꿍인지 어떤 사이인지 알 수 없으나 잠시 소곤거리는 얘기가 들린 후 조용하다가 가끔 야릇한 신음소리 같은 게 세어 나온다. 어떤 이유로 예전의 커피숍이 이렇게 패쇄의 공간으로 변했을까? 그 누가 기획한 것일까? 극단적 이기적 사회가 만들어낸 산물인가? 천박한 상업적 술책인가?

예전의 커피숍은 옆자리 먼 자리 할 것 없이 서로의 얘기와 의미를 담지 않지만, 눈을 돌려 함께 있음을 느끼며 공감하는 장소였다. 열림의 의미는 닫히거나 막히거나 가리어진 것이 아니라 트인 것이다. 사회학적 측면에서 열린 시대인가? 닫힌 시대인가? 21세기를 살아가는 지금 시대의 개념을 한마디로 정의할 수 없음은 인간성 상실이 가장 큰 요인일 것이다.

몇 년 전부터 학교 교육에 시도된 열린 교육이라는 명제는 이론적 철학적 배경이나 이해가 부족한 상태에서 행동이 앞서는 통에 교 구제 이동이나 교실 벽을 이동하는 분위기 조성이 한때 유행했다. 열린 교육은 형식보다 마음의 열림이 전제되어야 함은 두말할 나위가 없는 것이다.

급속한 사회 환경의 변화들은 부적응을 낳게 되고 오히려 닫힌 사고를 가져와 보수화, 외골화, 은신화의 역행을 가져온다. 신세대들은 열린 교육과 무관한 단절의 곳으로 그들만의 폐쇄의 공간으로 파고든다. 작금의 커피숍의 공간 문화도 이런 사회 환경적 산물일 것이다. 그것은 가정에서부터 야기되어 자녀와 부모, 부부간의 대화 단절, 세대 간의 소통 부재 또한 사회적 이해에 얼 킨 갈등이다. 첨단 정보가 제공한 역기능은 음란, 퇴폐의 환경으로 좀 더 숨고 속이고, 자기만의 공간으로, 소외 폐쇄된 문화로 자리하고 진보하고 있다.

한 시간여를 머물다 나오면서 종업원에게 물었다.

"이 커피숍의 시설 구조가 왜 이렇습니까?"

"요즈음 다들 그래요…."

"다른 집도 그렇나요?"

"이 주위에는 다 마찬가지예요~"

자진 불출로 가닥이 잡히고 중 장년의 갈 곳은 없는 꼴이다. 시내 중심의 공간으로 채워지는 무리는 그 또래 젊은이들의 판이다. 결국, 더 나이 든 자들은 도태되고 밀려나 소외의 공간으로 자리바꿈을 할 수밖에 없는가 보다. 더욱이 폐쇄된 공간은 익숙하지 않기 때문이기도 하다.

오랜만의 커피숍 출입을 통해 경험한 문화 충격은 동시대를 살면서도 괴리와 이해의 벽에 부딪힌 소외감은 묘한 기분에 젖게 하고 남는다. 커튼은 햇빛을 막는 수단에서 출발한 목적이 인간 삶의 공간에서 여러 환경적 요인으로 진화를 거듭해 왔다.

오늘날 단지 나만의 공간을 확보하고 제공하는 단절의 수단으로 쓰이는 커튼이라면 동의하기 싫다. 갇힘과 소외와 부적응은 건강할 수 없다. 열림과 소통은 나와 우리라는 공동체적 유익과 선한 목적을 이룰 수 있을 것이다.


성경은 닫힘을 하나님과의 단절을 의미하며 곧 죄로 인식된다. 이스라엘 백성이 하나님을 떠나므로 죄의 길로 가게 되고 징계와 고통으로 나타난다. 열림은 그 관계가 회복됨이요 축복으로 이어진다. 불통은 인간이 만들어 내는 무지와 어리석음과 이기적 산물인 것이다.

"이에 성소의 휘장이 위로부터 아래까지 찢어져 둘이 되니라" 막 15:38 이 휘장은 성소와 지성소 사이에 치여있던 것이며 대제사장이 1년에 한 번 제물의 피를 가지고 들어가 대속의 기도를 드린다. 예수 그리스도는 그의 몸을 십자가에 내어줌으로 영원한 제사를 드리게 되어 죄인인 우리가 하나님께로 갈 수 있는 새로운 길을 열어 놓으신 것이다. 그 속죄를 이루심은 구약의 모든 종교의식을 폐지하고 예수님을 믿는 자들은 직접 하나님께 나아가게 됨을 상징하는 것이다.

예수님의 그 구속의 은혜를 감사하자. 삶을 어둡게 하는 그 어두운 영(靈)의 악한 단절의 커튼을 걷어내자…. 지금은 병들어가는 이 사회의 건강한 문화 공간을 위하여 어떤 일을 해야 할지를 고민하게 하는 세월이다.

# 지금은 불신의 때

　세상이 달라지고 바뀐다는 것은 옛 문화의 가치와 질서, 정서에 변화를 일으킨다는 의미일 것이다. 그렇다면 무엇이 달라지고 바뀐다는 것일까? 이 땅은 인간으로 하여금 인간에 의해 발전과 도태를 거듭해 왔다. 문명의 발전이 그러하듯 인간 세계에선 영구한 가치는 없다. 시대가 바뀌면 그 풍조에 따라 가치기준이 변하고 제도와 문화가 변한다.

　작금의 우리 정서 속에는 의심과 불신이 만연하다. 모두 우리 스스로 만들고 토해낸 것들이다. 정치하는 자들은 국리민복에 관심보다는 제 잇속 챙기기와 당리당략으로 국민에게 신뢰를 잃은 지가 십수 년이 되고, 경제의 수령들은 기업의 윤리 경영에서 비켜나 비도덕적 몰상식의 형태를 일삼는다. 사회현상은 급격한 산업화 과정에서 야기된 제 변화에 가치관 형성이 뒤따르지 못하고 배금주의와 물질 만능의 우상으로 인간성을 상실케 하여 그 역 작동은 이해의 한계와 불신의 벽을 쌓았다.

　인간개발에 힘써야 할 교육현장은 제 기능을 못하고 이미 오래

전에 가르치는 자의 권위와 신뢰는 땅에 떨어졌다. 이런 불신 사회의 현상들은 삶을 피폐 건조하게 한다.

아무렇지도 않던 이웃 아저씨가 어느 날 여러 여성을 죽인 희대의 살인마가 되어있고 친구와 놀던 소녀가 유괴되어 사라져 버린다. 택배원, 수도나 가스 검침원이라 해서 문을 열었는데 강도로 돌변하고 전세방 광고를 보고 찾아온 남자가 강간범으로 변하는 세상이니 어떻게 사람을 믿을 수 있겠는가. 자조하지만 해결방법은 없을 것 같은 절망감이다.

따라서 부모들의 자녀교육은 이렇다. "남들을 절대 믿지 마라. 문은 절대 열어주면 안 된단다." 특히 아파트에서는 앞집 문을 열리게 하는데도 상당한 설명과 수고를 필요로 한다. 엘리베이터 안에서의 인사도 거북하다. 인사 자체를 꺼린다. 삭막하기 이를 때 없다.

불신의 정서는 남녀 애정 관계에서도 자리하고 있다. 한 예로 남자가 고시에 떨어지면 여자들이 90% 이상이 떠난다. 따라서 남자는 여자를 믿지 못하게 되고 남자가 고시에 붙으면 여자를 떠날 확률도 90%란다. 더 좋은 조건의 여자와 결혼하기 위함이고 부모들도 그렇게 원한다는 것이다. 서로 믿지 못하는 불신의 세상이 아닌가.

1957년 박경리의 '불신 시대'에서 사회의 기만과 배신을 당한 주인공은 종교에 매달려 보지만 시주받은 쌀을 착복하는 중과 도둑맞을까봐 신발을 싸들고 예배드리는 신도들을 목격한다. 양심의 최후의 보류인 종교 기관마저 사리사욕에 빠진 현실을 개탄하며 불신 사회를 고발하고 있다.

원론적이지만 서로를 불신함은 믿지 못함이요, 믿지 못함은 상대를 알지 못하기 때문이다. 상대를 알려면 열린 공간으로 나와 서로 접하며 느껴야 하는데 우리의 환경은 자기중심적 독단 폐쇄의 공간에 길들어져 가고 있다. 특히 아파트는 닫고 살아야 하는 태생적 한계를 가지고 있으니 진정한 이웃이 없는 셈이다.

대화의 단절은 이해와 섬김의 벽이다. '문을 열어 주지 말아라'라는 가르침은 자녀로 하여금 이웃과 세상과의 관계를 단절로 설정하는 작업이다. 학교 교육은 서열중심이 되고 있으니 남들은 우정의 대상이 아니라 나에게 걸리는 장애요, 적으로 자리한다.

의심의 오류는 불신을 낳고 불신은 잠재적 적으로 다가서며 자신을 스스로 옥죈다. 부끄럽고 답답한 현실이지만 종교는 양적 성장을 이루었고 한 집 건너서 슈퍼마켓이 아니라 한 집 건너 교회다. 밤하늘의 빛나는 네온의 십자가는 이 땅의 구원과 인간회복의 빛을 약속하는 것 같으나 인간성 상실과 범죄는 교회의 십자가 수만큼이나 비례하고 있다.


동네 소방도로를 지날 때이다. 네댓 발 앞서 아가씨인 듯 총총걸음을 하며 가고 있다. 낮이고 조용한 주택가 길이다. 앞서 가던 아가씨는 인기척을 느꼈는지 뒤로 힐끗 뒤돌아본 후 몇 발짝 더 가다가 주춤거리며 소걸음을 한다. 내가 앞서 가기를 기다리는 듯 해 눈치를 챈 나는 바쁜 걸음을 하여 앞서 걷기 시작했다. 분명 의심하여 태도를 살피고 경계하는 의도된 행동이다. 마침 운동복에다 벙거지 모자를 눌러 쓰고 뒤따르는 모습이 영락없는 잠재적 행악자로 보였던 것이다. 벌건 대낮에 동네의 골목길에서 이런 의심을 받으니 기분이 불쾌했으나 의심과 불신이 만연한 사회현상이니 어쩌랴….

그러나 신뢰 사회를 구현하고자 하는 기미가 엿보이는 공공기관이 있어 희망적이다. 요즘 동 주민 센터에 가면 창구에 동전통을 올려놓고 제 증명서를 발급하고 거스름돈을 주민이 직접 계산해 바꿔 가도록 하고 있다. 주민의 성숙한 의식과 양심을 신뢰한다는 무언의 응원으로 여겨진다. 나중에 대조하면 모자라는 돈이 없다 하니 얼마나 다행인가. 신뢰의 기틀을 만들어가야 할 요소는 작은 것에서부터 찾아야 한다. 무신불립(無信不立)이라 했으니 우리 사회의 전반에 인간성과 신뢰를 회복하기 위한 진정한 고민을 해야 함을 느끼는 지금이다.

3년이나 예수님을 따라다녔으나 부활의 주님을 믿지 못하고 마지막까지 의심했던 제자 도마를 향하여

"네 손가락을 이리 내밀어 내 손을 보고 네 손을 내밀어 내 옆구리에 넣어 보라 그

리하여 믿음 없는 자가 되지 말고 믿는 자가 되라" "너는 나를 본고로 믿느냐 보지 못

하고 믿는 자들은 복 되도다 하시니라" (요 20:27,29)


　　믿음의 장부가 되지 않고서는 이 땅의 복음을 위하여, 나아가 사
회 불신을 걷어내는 어떤 역할도 감당할 수 없을 것이다.

# 새벽의 의미

어둠이 거치고 동트는 무렵 자연 이치의 새벽은 내일의 구체적 현상이 열리는 시간이자 곧 오늘이다.

남은 때의 경건을 위해 비교적 교회 가까운 곳에 이사하고 새벽을 깨워 기도에 매진하기로 결심하고 행동에 옮긴다. 어제 오늘 일은 아니지만, 이런저런 이유와 핑계로 얼마간 나태했음을 만회하기 위해서다. 정한 시간에 일어나 집을 나서면서부터 약 30분 거리를 가면서 새벽의 의미와 상관없이 밤에 속하고 새벽을 맞는 사람들이 있는데 그들도 목적을 위해 정한 시간에 일하고 있음을 볼 수 있다. 거의 같은 시간 같은 장소를 지나면서 목격하게 되니 말이다.

아무렇게나 개념 없이 전날에 버려진 쓰레기를 묵묵히 쓸고 있는 미화원 아저씨를 만나는데 이분들은 눈에 보이는 도시, 아니 세상 환경을 깨끗하게 하는 충직하고 참 고마운 사람들이다.

또한, 거의 같은 장소를 지나면 조간신문을 돌리는 30대 중 후반의 두 명의 아줌마들을 만난다. 아마도 각각 다른 신문일 것이다. 바퀴 달린 저자 바구니에 신문을 차곡차곡 접어 세로로 세워 놓고

끌며 집 대문과 상가의 셔터 밑을 향하여 부지런히 허리를 굽힌다. 생각건대, 아마도 지금보다 더 나은 내일의 윤택함을 위해 새벽을 깨우고 힘쓸 것이다.

온통 거리를 메우는 것은 막 2부제 교대를 하고 손님을 기다리고 태우기 위해 빈 차 표시등을 켜고 서거나 달리는 택시다. 새벽길 사람보다 빈 차의 택시가 더 많다. 관심 없이 걸어가지만 연신 탑승 반응을 살피며 짧은 경적을 울린다.

안타까운 마음이 들지만, 한편은 신앙적 윤리의식이 번뜩 고개를 들며 이내 세태를 질책하게 한다. 이 지역 주변에 새벽 택시가 많이 모이고 손님을 기다린다는 것은 밤새 유흥과 주색에 세월을 낭비한 군상들을 실어 날라야 할 일이 많다는 것이다.

다행인지 불행인지 모르지만, 지금의 유흥가의 새벽은 한산하다. 그러나 띄엄띄엄 몸에 바짝 붙은 짧은 원피스 차림에 술에 저려 비틀거리는 여자들, 누가 누구를 부축하는지 분간이 안 되는 남녀 짝들이 눈에 들어온다. 나의 알량한 신앙적 윤리 잣대를 들이댄 하릴없는 판단과 상관없이 이 같은 모습들은 매일 일어나고 언제나 있었다.

작금의 삶의 양태는 쉬지 않는 밤의 문화에 익숙하다. 간밤을 잘 쉰 자가 여명을 희망차게 열어 저칠 수 있다는 순리는, 고전적 호사가의 입에서나 있다. 밤을 일터로 삼는 자에게는 열리는 새벽이 쉼을 찾아드는 순간이기 때문이다.

땅거미가 짙어지면 찰라 적 유혹적 환상을 꿈꾸고 쫓으며 형형색색 네온과 붉은 조명 아래에서 밤을 열고 삶이 시작된다.

2교대 산업현장 생산라인의 노동자들은 공장지붕 밑으로 눈부시게 밝혀진 형광으로부터 시작한다. 그러나 생명을 가진 모든 존재는 새벽을 지나 밝아오는 세상을 맞을 것이다.

허영자는 그의 수필에서 새벽의 의미를 어둠과 밝음, 밤과 새벽을 대비시켜 여명의 의미를 궁극적 구원으로 지향하는 이분 적 사고로 풀이한다. "… 새벽의 의미는 구원의 의미이다. 어둠이 죽은 자의 것이라면 빛은 산자의 것이다. 죽은 자는 어둠 속에 횡행하고 산 사람은 빛 속에서 역사한다. 새벽은 어둠을 빛으로 이끄는 시각, 죽음으로부터 삶 쪽으로 우리를 구원해 올리는 아름다운 순간이다." 시인 이향숙은 '새벽의 깊은 의미'를 아는 사람을 만나고 싶다고 했다. 아마도 새벽을 여는 사람들에 던지는 철학적 성찰의 요구란 지 모른다.

신앙이 깊어지면 그 경륜과 인격에 합당한 열매를 맺고 살아야 할진대 신행일치의 결심과 의지가 모자라면 능력 있는 성도의 삶을 살 수 없고 믿음의 진보가 없다. 따라서 필요 충분한 영적 능력을 공급받기 위한 방법의 하나가 새벽을 깨우는 일이며 경건 훈련의 시작이다.

새벽 네 시를 깨우는 일은 그리 쉽지 않다. 영육간 자신과의 싸움이기도 하며 어쩌면 가장 깊이 쉬며 숙면하는 시간이며 쉼의 절정일 줄도 모른다. 그럼에도 정한 시간을 지켜 가볍지 않은 몸을 일으키는 그 자체만으로도 의지의 사람이라 할 수 있다.

시중 서점가에 '아침형 인간'이란 신조어가 인기를 끌고 있다. 아침을 잘 활용하는 자들은 정신적, 육체적으로 균형 있는 건강한 삶을 살뿐 아니라 긍정적인 사고를 하고 조직과 사회를 이끄는 자들이라는 것이다.

시인 차명섭은 '밤과 새벽의 의미'에서 "… 새벽은 간밤에 지우고 홀가분한 생각으로 새롭게 오늘 하루를 멋있게 그림 그리라고 나에게 준 하얀 백지다" 조물주의 보편적 은혜가 누구에게나 주어지는 시간의 의미를 소박하게 정의하고 있다.

우리의 현대사에서도 새벽을 일깨우고 근면 자조를 지향하는 슬로건을 앞세워 국민의식을 고취하고 정치적 목적도 달성하여 나라의 발전으로 승화시킨 60년대 박정희 대통령의 정치철학이 있었다. "새벽종이 울렸네! 새 아침이 밝았네! 너도나도 일어나 새마을을 가꾸세~"

기독교의 관점에서 새벽은 간밤을 지나 어둠이 거치는 여명 그 이상의 의미가 있는데 그것은 믿음과 순종이 하나님의 섭리하시는 기적과 역사를 이루어냄이라 할 수 있다.

출애굽 한 이스라엘 백성을 새벽에 홍해를 가르고 애굽의 병사들을 수몰시켜 구원의 길로 인도하심을 본다. (출애굽기 14:24, 27)

또한 난공불락의 견고한 여리고 성을 무너뜨리는 새벽의 기적을 배푸셨다. (여호수아 6:15)


사람들은 '역사는 밤에 이루어진다.'라고 하지만 진정 생명의 역사는 새벽에 이루어진다고 말할 수 있다. 밤은 새벽의 기적을 준비하는 인내와 기다림의 시간일 뿐이다.

나는 새벽기도를 통한 각별한 체험을 하고 산다. 새벽은 하루를 여는 시간이기도 하지만 하나님의 기적을 이끌어 내는 시간이기도 하다. 그것은 신뢰와 기다림이 전제되어야 함은 물론이다.

예수님도 새벽 미명에 일어나 기도하셨다. 새벽의 의미는 겸손과 순종 기적을 불러 밝히는 시간이다.

# 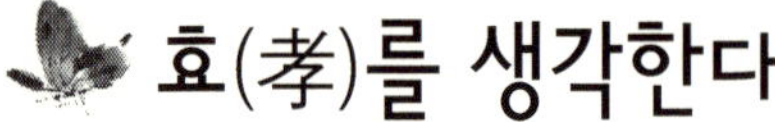 효(孝)를 생각한다

지금은 자기 살기 바쁜 세상이다. 바쁘다는 실상은 자기만을 위해 채워야 하는 시간, 물질, 가치 등 이기적인 삶의 총채라 말할 수 있는데 이런 삶은 이웃과 남을 돌아볼 여유가 없다.

가정을 가진 자라면 내 자식 내 마누라 외에는 관심이 없다. 급격한 산업사회로 이어진 정보사회는 전통가족 체계를 허물고 핵가족의 가속으로 이어졌다. 이에 부응하는 아파트 문화는 외톨이 가족으로 자리하고 한 아파트 같은 라인이라도 앞집 옆집 문도 두드리지 않는 극단적 고립 사회로 변하고 말았다. 그럼에도 부모와 동거하는 가정이 있다면 참으로 칭송의 대상이 되는 세상이다.

부모와 결별 된 지도 오래다. '눈앞에 정'이라고 떨어져 사는 혈육은 이웃사촌보다 못하고 피를 나눴다는 근거 외에는 별로 정이 없다. 요즈음은 이웃사촌이라는 말도 다시 정의해야 할 세대다. 늙은 부모에 대한 최소한의 의무감마저도 불편해하고 스트레스를 받는 사람이 많음을 볼 수 있다.

나무의 근원이 뿌리이듯이 부모 없는 자식은 없다. 효(孝)란 근원을 생각하고 낳아준 그 부모를 정성을 다하여 섬기는 일을 말하는데 이 세대는 부(富)한 자나 애옥살이하는 자나 구분 없이 효도에 거리가 멀다. 잘산다고 부모 공경하는 것이 아니고 빈궁한 살림살이라고 불효하는 것도 아니다. 맹자에 의하면 세속에 이르기를 불효에는 다섯 가지가 있는데 그 중 셋째는 '재물을 즐기고 처자만을 아껴 부모를 공경하지 않는다.' 했으니 작금의 시대 정서가 아닌가 싶다. 일부이길 바라는 마음이지만 부모를 잘 섬기지 않는 것에 그치지 않고 부모의 임종마저도 지켜보지 않는 불효자가 늘고 있다는 것이다.



매년 오월 가정의 달이면 매스컴 입방아에 오르내리는 단골 메뉴 사건 중에 부모를 공양하기 싫어서 제주도나 동남아 여행길에 잘 섬긴다는 가면을 쓰고 대책 없이 부모를 유기하고 유유히 돌아와 현대판 고려장을 재현하는 패륜 족들이 있다.

머칠 전 뉴스에서는 홀로 누추한 단칸방에서 기초생활보장 수급자 지정도 받지 못한 어르신들이 부지기수 있는데 그들은 돌보지도 않지만, 자식들이 있다는 이유만으로 극빈의 삶을 살고 있다. 한 할머니는 자식이 다섯이나 있지만 누구도 찾아오지 않는다는 것이다.

성경에도 불효자가 있는데 다윗의 아들 압살롬이다. 그는 준수한 용모와 아름다움으로 다윗의 사랑을 많이 받았으나 장성하여 쿠데타를 일으켜 부왕을 죽이고 왕권을 찬탈하려 했고 백주에 백성 앞에서 아버지의 애첩을 겁간한 중범죄 자였다. 종래에는 패전하고 도망하다 머리칼이 상수리나무에 걸려 대롱거리다 다윗 부하들의 창에 찔려 죽었다.



그러나 요셉은 부모를 즐겁게 했고 순종하는 효자로 등장한다. 형들의 간교로 애굽에 팔려가는 신세가 되었지만, 그 나라 국무총리가 되어 부모 형제를 봉양하였다. 요셉으로선 배다른 형제요 원수 같은 자들이지만 사랑으로 용납하고 그들을 구원하였다. 권력과 재물이 있다고 부모·형제에게 잘하는 것은 아니다.

4학년 여 애가 수업 중 할머니 얘기를 했는데 듣던 중 한심하고 서글픈 기성세대의 현실을 돌아보게 한다. 수전증과 관절염을 앓고 거동이 불편한 홀로 할머니를 저네 가족만이 생활비를 대고 돌본다면서 망설임도 없이 "서울의 큰아빠는 불효자식이에요…." "할머니가 많이 아파도 오질 않고 전화도 잘 안 해요" "큰아빠 식구들은 잘산다고 그러던데요…." 묻지도 않은 말을 아이가 자연스럽게 할 수 있다는 배경은 평소 할머니의 봉양을 놓고 부모들의 대화와 형제간의 갈등을 옆에서 지켜본 대로 옮긴 것이다. 불손하고 어른을 향한 말이 아니지만 한 가정의 효의 일상을 엿보게 하는 말이다.

전술한 대로 이 같은 효의 실태가 어디 남의 일이랴…. 우리나라는 이미 고령사회로 접어들었고 불원장래에 초 고령 사회로 갈 것인데 이에 응하는 삶의 모습은 어떠해야 할까….

"아비를 조롱하며 어미 순종하기를 싫어하는 자의 눈은 골짜기의 까마귀에게 쪼이고 독수리 새끼에게 먹히리라" (잠 30:17)

네 부모를 공경하라 순종하면 복 받는다는 명령은 영원불멸의 말씀이나 이 패악한 세대는 점점 눈과 귀 먹은 장애의 세태로 가고 있는지 모르겠다.

 자원봉사를 다녀와서

늘그막에 새삼 시작한 사회복지 공부가 시작이 반이라 했든가 일 년을 마무리하면서 학과 커리큘럼에 따른 자원봉사 학점을 찾아 나섰다. 학교 과제로만 생각하고 막연한 생각이 들었으나 마침 사회복지 실습 기관에서 년 중 행사로 시행하는 톨게이트 '사랑의 열매' 모금행사에 자연스럽게 참여하게 되어 좋은 기회를 맞았다. 마침 세밑의 사회적 분위기 맞물려 봉사와 온정의 손길이 절실한 때이다.

처음 당해보는 모금 봉사라 조금은 긴장되었고, 특히 부산 톨게이트의 쉴 틈 없이 왕래하는 차를 상대로 모금 봉사를 하기 때문에 위험부담도 있는 건 사실이었다. 그러나 관계기관은 미리 위험부담에 대비 상해보험을 들어놓은 상태였다.

2008. 12. 19일 오전 톨게이트 현장으로 차를 몰았다. 현장약도가 애매했으나 약속시각은 넘기질 않고 도착할 수 있었다. 잠시 후 우리 학과 같은 멤버들이 속속 도착하고, 숨 돌릴 틈도 없이 곧바로 담당 관리자의 모금에 따른 상황 설명과 주의 당부가 유인물을 통해 상세하게 숙지하게 한다. 봉사자의 현황판은 각급의 학교와 다

양한 학과 생들이 지원해 2인 1개 조가 교대로 톨게이트 현장으로 투입되는데 톨게이트 현장은 약간은 긴장되는 분위기로 약속된 시간단위로 교대 조가 준비되고 일사불란하게 돌아가고 있었다.

우리는 오전 시간 봉사 약속이 되었으므로 바로 조가 짜지고 열려있는 여러 쪽의 게이트로 향했다. 물론 안전을 위해 도로 밑으로 연결된 지하통로를 이용해 계단을 올라 차량 통과문에 바짝 다가섰다. 난생처음 산타 복장을 하니 조금은 어색하고 엉거주춤한 꼴이다. 나는 모금함을 맡기로 하고 통을 안고 서니 연방 내 품는 매연과 맞닥친다. 멀뚱거리면 안 된다. 교육받은 대로 "불우한 이웃을 도웁시다."를 허리를 굽힘과 동시에 외치야 한다. 표정도 밝아야 한다.

두어 시간을 쑥이고 외치고 숨 돌릴 틈이 없다. 매연으로 목이 쬐고 코가 막힌다. 우리의 잠깐 시간도 이처럼 신체 반응이 말해주는데 매일 근무하는 정산 근무자의 건강은 걱정스럽다. 마스크도 할 수 없는 형편이니 더욱 열악하다 하겠다. 우리는 정해진 시간을 다 채워가고 있다. 모금함이 두어 차례 새 통으로 바뀌었다. 다리가 뻐근하고 허리도 뒤틀린다. 다양한 차량만큼이나 사람의 맘씀씀이도 엿보게 된다. 잠깐 조우하는 사람들을 보고 쉽게 판단하는 것은 온당치 않을 것이다. 그러나 순간적인 느낌과 닦아오는 감정의 뒷맛은 나만의 것일까…. 그럴 사한 차를 탄 사람이 애써 외면하고 지나면 허탈하다. 그러나 기대하지 않은 보잘것없어 보이는 소형 업무 차량의 아저씨의 준비된 손 내 밈은 참 고맙고 넉넉하다. 사람은 외모로 판단하는 경향이 있기 때문에 당연히 드러난 실상을 살피고 또한 기대를 걸게 마련이다. 잠시의 상황을 통한 모습을 스케치했지만 사랑의 손길은 겉모양이 아닌 사람마다 돕고자 하는 맘이란 걸 새삼 깨닫게 된다. 회자하는 말 중에 "있는 놈이 더 무섭다"란 말이 맞아떨어지는 장면을 본다.

십중팔구 거스름 잔돈을 던지는 경우다. 고마운 일이다. 그러나 맘으로 준비하고 그윽한 눈길과 "수고 많습니다.~" 관심의 말과 따로 준비한 지폐 위에 거스름 잔돈을 올려 모금함을 향하는 눈길이 있다. 개중에 많은 젊은이가 지나갔지만, 사랑의 방식에는 관심이 없다. 서글프다. 각박한 세태 탓인가…. 우리의 젊은이들이 너무 여유가 없어 보인다. 아예 관심이 없다. 모금자의 눈길을 피해 오히려 달갑잖고 불쾌한 태도를 보이고 액셀을 더 깊이 밟아 불쾌한 심정을 표하니 매연은 그대로 우리의 몸을 덮어씌운다. 눈길 보낸 죄인가? 비까번쩍한 외제차량 아저씨 아줌마들은 아예 눈길을 돌리지도 않고 귀찮게 생각하며 내뺀다. 뒤 꼭지가 부끄럽지 않을까? 옆자리한 동료는 그럴 때마다 "에이~"를 연발하지만 어쩔 수가 없다. 잔돈 몇 푼의 여유도 없는 자들인…. 톨게이트 현장은 각종 다양한 차량이 지나는 만큼 사람 또한 다양한 모습으로 각인된다. 화물을 실어 나르는 차량은 고가 높아 높이 쳐다봐야 한다. 반대로 승

용차는 허리를 숙여 절반을 꺾어야 한다. 사람의 품위와 인격 또한 높이 쳐다볼 자들이 많았으면 좋겠다. 더 섬기고도 허리를 굽혀 자신을 낮추는 사람들이 많았으면 좋겠다. 세밑에 힘들고 고통당하는 이웃, 사랑의 손길을 기다리는 자들을 자원하는 맘으로 돌아봤으면 좋겠다. 거리마다, 만나는 사람마다 사랑의 열매를 가슴에 달고 따뜻한 가슴을 보이는 세밑이 그립다. 올 한해처럼 나라의 정치 경제 사회가 복잡다단한 때가 또 있을까? 우리는 이 무거운 터널을 통과해야만 한다. 민족적 저력 위에 좀 더 여유와 배려를 맘으로 몸으로 실천하자. 사랑하자 ~.

# "선생님 아니에요"

세계 68억 인구에 똑같은 사람은 없다. 쌍둥이도 닮았으나 심리와 생각이 다르다. 하나님은 생명을 내실 때 기계적인 방법을 쓰지 않으시고 자유의지를 갖춘 천하보다 귀한 존엄한 각각의 인격체로 창조하시기 때문이다.

인간은 태어나 양육 환경에 따라 성장 발달이 다르긴 하지만 아리스토텔레스가 '인간은 사회적 동물'이라 한 대로 점차 사회의 구성원으로 영향을 주고받으며 한 사람의 인격체로 자리하게 된다.

따라서 발달과정을 따라 가족, 또래, 조직, 집단 등 사회 생태적 체계 아래 놓이며 엄마 품을 떠나는 즈음은 또래가 좋은 시기이다. 사춘기 격동의 때를 지나면서 타인에 대한 인식과 더불어 자기중심적인 사고에서 남을 돌아보고 배려하는 과정으로, 원만한 사회구성원으로 책임과 의무를 감당하는 성숙에 이르는 성장발달의 대체적인 원리를 밟는다.

끼리 혹은 또래가 모이는 것은 생리적이고 사회심리 현상일 것이다. 지금 생각하니 그 또래를 벗어난 집단과는 의사소통되지 않을 것 같은 강박관념에 젊은 때를 보낸 것 같다. 나이보다 스무 살 정도 차이 나는 사람은 쳐다보기조차 싫은 때가 있었고 결코 늙지 않을 것 같았다. 반평생을 훨씬 넘긴 지금도 눈에 늙어 보이는 사람은 상대하기 싫다. 겸손치 못하고 주제 파악이 안 되는 착각 속에 사는 철부지 미숙한 모습이라 여겨 부끄럽게 생각한다. 어쩌면 유전적 성향인 줄 모른다.

얼굴 생김새가 잘생기지는 않았지만 우락부락한 남상이라기보단 곱다시 한 골격에 모성 본능을 유발하는 체형을 가져 이날까지도 내 나이를 제대로 맞히는 사람이 없다. 덕분에 젊을 때는 불리한 상황을 나이를 올리는 쪽으로 처신했으나 지금은 내 나이를 볼까 봐 신경이 쓰이는 이중 잣대를 들이댄다. 생각하면 모두가 부질없는 한 세상인 것을….

악기를 배우는 시기는 빠를수록 여러 정황상 효과적이다. 테크닉을 필요로 하는 부문은 더욱 그렇다. 물론 음악적 소양과 타고난 재능이 있다면 금상첨화겠지만, 관절이 부드러울 때 배워야 생각과 의지대로 몸이 따라 주기 때문이다.

대가들은 철들기 전에 부모의 극성, 제대로 된 선생, 자신의 의지가 삼박자 되어 일구어낸 결과다. 바이올린을 접한 시기는 철부지 때가 아니었으나 모계의 영향으로 음악적 소양이 어느 정도 발동하여 꽤 의지를 다해 수련하여 '돼 글을 가지고 말글로 써먹는다'처럼 숱한 세월을 동반하고 있다. 정부 교육정책으로 방과 후 특기적성 프로그램이 생기면서 교사가 된 지 얼추 10년이 지나고 있다. 한 날은 오전부터 내린 비가 오후에도 추적추적 내린다. 수업을 끝내고 학교 현관을 나오다 얼마 안 떨어진 차로 가기 위해 초등 2년쯤으로 보이는 녀석에게 "애야~ 선생님과 우산을 같이 좀 쓰고 저기까지만 가자. 응…."순간 아이는 멀거니 쳐다보고는 별 반응 없이 제 갈 길을 챙긴다. 재차 부탁하며 다가섰으나 거절을 당하고 만 것이다. 녀석은 몸을 사리며 "선생님 아니에요~ 할아버지에요…"이게 무슨 소리인가. 순간 뒤통수를 둔기로 맞은 기분이 들어 어이가 없었고 쾡한 기분에 비 맞은 것도 잊은 체 차로 와 앉았다. 내 심보가 응보를 받는 순간이다. 지금껏 들어보지 못한 소리를 들었고 올 것이 오고야 말았구나 하는 체념상태에 빠진다. 그렇다. 생리적인 나이는 이미 할아버지가 맞다. 가족체계의 위치로서도 분명한 할아버지임 틀림이 없다. 그럼에도 딴엔 아직 늙지 않아 그 소리를 듣기까지 아직 여유가 있다고 생각했는데 머지않아 닥친 생리적 나이가 까발려진 날이다.

아이의 눈에 비친 모습은 젊은 자기 반 담임선생과 비교 대상이 되지 않는 다만 늙은 사람으로 보였던 것이다. 실제로 초등학교 입학식 때 1학년 담임이 50대라면 아이도 학부모도 좋아하지 않는다.

가끔 수업 중에 아이들 입에서 "우리 반 선생님은 늙어서 싫어요…."

그 원인 중 하나는 핵가족화되면서 아이들이 조부모와의 자연스러운 접촉과 나이 든 사람과의 상관이 없어졌기 때문이다. 가는 세월 오는 백발' 인생 속도는 나이만큼 달린다 했든가 50은 50킬로로 60은 60킬로로 달리는 것이 요즈음 체험하는 속도감이다. '달도 차면 기우는 법' 영국의 노인 심리학자 '브롬디'는 인생의 4분의 1은 성장하고 보내고 나머지 4분의 3은 늙어가면서 보낸다고 했다.

늙어감에 현실적인 인식이 필요하다. 아니 인식과 상관없이 몸은 후폐해 가는 것이다. 다만 하나님의 섭리하시는 계획을 깨닫고 계수하는 지혜와 열정을 놓치지 말아야 한다.

'돌절구도 밑 빠질 날이 있다' 했는데 남은 때를 할아버지로 살아가지만, 선생님으로 살자. 가르치는 자로의 인격을 새롭게 점검하자. '두레박은 우물 안에서 깨진다.' 했으니 이것 또한 하나님이 주신 달란트이니 힘이 닿는 날까지 해야겠다. 무엇보다 주신 사명을 내 속에 채우되 영혼을 돌보며 가르치는 일에 목숨을 걸자.

"우리의 연수가 칠십이요 강건하면 팔십이라도 그 연수의 자랑은 수고와 슬픔뿐이요 신속히 가니 우리가 날아가나이다." (시편 90:10)

# 뻔뻔한 일본과 딸

이명박 대통령의 독도 방문을 계기로 일본은 호들갑들 독도 영유권을 주장하며 과거사에 대해 반성을 고사하고 망언을 쏟아내며 양국 관계를 최악으로 몰아가고 있다.

일본정치인들의 망언과 후안무치가 가관이고 노다 요시히코 총리가 "일본이 위안부를 강제동원한 증거가 없다" 라고 말한다. 지금도 일본대사관 앞에서 수요 집회를 통해 그들의 사죄와 보상을 촉구하는 위안부 출신 생존자들이 있음에도…. 지금 이런 어처구니없는 일이 지구 상에 일어나고 있다.

이는 1993년 고노 총리가 담화한 내용 중 일부이다. "2차 대전 때 수많은 여성에게 위안부 생활을 강요해 몸과 마음에 씻을 수 없는 상처를 준 데 대해 깊이 반성하고 사죄한다. 이러한 역사의 진실을 교훈으로 삼겠다…." '고노담화'를 뒤집기 하는 가증스러운 일을 드러내 놓고 20년이 지나 과거 사과의 반성을 무효화 하는 행위는 몰염치 이성상실 그 자체다. 한술 더 떠 이시하라 신타로 도쿄도지사는 "위안부는 돈을 벌기 위해 자발적으로 나선 일"이라는 막말까지 내뱉는다.

사죄해 놓고도 자신들의 과거를 지우려는 일본 정치지도자들 손바닥으로 하늘을 가리려는 뻔뻔함은 정신 나간 자들이나 할 일이다. 미 국무부 장관은 '위안부' 대신 '성 노예'라는 용어를 공식적으로 사용한다고 제안했다.

광복 67주년이자 일본의 제2차 대전 패전일인 15일에 일본의 현직각료 10명이 공개적으로 야스쿠니 신사를 참배했다. 야스쿠니신사에는 도조 히데키를 비롯한 제2차 대전 A급 전범들이 합사되어있다. 결국, 이번 참배는 군국주의를 미화하고 과거 침략전쟁을 정당화하려는 시도로밖에 볼 수 없다.

이에 대해 우리나라와 중국을 비롯한 동남아의 정부는 "일본각료와 국회의원들이 야스쿠니신사에 참배하는 것은 역사의 수레바퀴를 거꾸로 돌리는 것이며 아시아 각국 국민의 가슴을 아프게 하는 행위"라고 일본을 맹비난했다.

일본이 군국주의 망령을 버리고 주변국과 공생하는 길을 외면한다면 더 이상 일본의 미래는 없다. 교활하고 추악한 딱지는 영원히 떼지 못할 것이다.


큰딸이 결혼하고 곧장 남편을 따라 일본으로 들어간 지 벌써 10년을 넘기고 있다. 사위가 건축공부를 더 하겠다고 유학차 들어간 것이 여차여차하여 이제는 이런저런 사업에 손을 데 소자본 업종에 희망을 걸고 고군분투하고 있다.

이역만리 타국에서 부딪치는 어려움이 이만저만이 아니겠지만 타고난 기질인지 뭔지 끈기와 적응력으로 버티며 소기의 성과를 이루고 처자식을 이끌고 있다. 얼마 전에는 까다롭기로 이름난 행정관서로부터 사업자등록을 마치고 떳떳이 사업을 개시했노라고 연락을 해 온다. 겁도 없이 자신감 하나 가지고 처자식을 데리고 들어가 자리를 잡는다는 것이 아무나 할 일이 아님을 생각하면 참 대견하고 자랑스럽다. 나 같으면 생각도 엄두도 못 낼 일을 이들이 개척하고 환경을 만드니 용할밖에….

그럴 수 있는 가장 큰 힘은 이들이 신앙을 소유한 연고이고 언제나 안부로 확인해 온다. 부모가 자식을 위해 할 일 중 가장 큰 과제와 숙제는 이들을 위해 기도할 일 일진데, 믿음이 돈독하여 의의 자손의 복을 받아 누릴 것을 바라는 것이리라. 하지만 가깝고도 먼 일본 땅에 살고 있다는 것이 여간 맘 쓰이지 않는다.

저 일본이 어떤 나라인가 '경제 동물'이라는 오명을 뒤집어쓰고 나라가 경제선진국이라는 타이틀은 가지고 있으나 그 땅의 환경은 살얼음판이나 다름없다. 시도 때도 없이 흔들려 멀미를 달고 살아야 하는 지진대 위에 걸쳐있어 불안한 꼴이요 정치인들은 정권유지와 인기영합주의에 묻혀 역사 왜곡, 망 말, 뒤집기 등 후안무치 뻔뻔

함의 극치요. 사회정서는 여전히 한국인에 대한 견제와 이중적이고 교활한 태도 등으로 거기 살기가 넘고 넘어야 할 산이다. 따라서 극복해야 할 존재요 환경이니 단박에 나오는 답이 아니요, 그렇다고 찔 통을 부릴 수도 없는 노릇이다.

관계란 상대와 걸리거나 걸려있는데 이는 서로에 대한 이해와 신뢰, 배려가 바탕이 되어야 한다. 개인은 물론 사회와 국가 간에도 이치는 마찬가지다. 진정성이 없는 관계는 자기 이익과 입장만 챙긴다. 꼬투리가 생기면 곧바로 뒤통수를 치는 세상이다.

한민족이지만 신념과 사상이 너무나 다른 북한을 바라보면 백성은 불쌍하고 동정이 가지만 독재 깡패 집단의 정치인들은 신물이 난다. 또한, 우리의 가까운 열강 중국은 패권주의 발상이 동북공정이라는 이름으로 큰 땅을 지닌 값을 못하고 치졸하기 이를 때 없고 일본이라는 나라는 겉 다르고 속 다른 꼴을 자주 보이고 나불거리니 이래저래 밥맛이 떨어진다. 행 불간 딸의 가정이 그 땅에서 살고 있으니 미운 나라라고 망하기를 바랄 수도 없고 축복하자니 더욱 내키지 않는 심사다. 일본은 과거사를 생각하면 철천지원수의 나라에 불과하다.

요나 선지자가 적국 니느웨로 가서 하나님의 심판을 경고하며 외칠 때 니느웨 왕과 온 백성이 회개하고 돌이키므로 하나님은 뜻을 돌이키시고 진노를 그치셨다. 역사를 왜곡하고 사죄했던 사실을 다시 뒤집기 하는 참회를 모르는 일본은 어떻게 봐야 할까. 배타주의 신관은 경계해야 할 일이지만 범신론적 우상의 나라 저 일본을 바라보면 답답할 뿐이다. 집요하고 사소한 일에 사생결단 덤벙대는 저 정치인들을 어떻게 품을까. 반한 감정이 일고 있다. 며칠 전 전화가 왔다. 내용인즉 딸의 가족이 지금은 바깥출입을 자제한단다. 쓸데없는 해코지를 한다면 어쩔까 걱정이다.

일본 정치인들의 역사인식이 바뀌길 기대할 수 있을까? 올여름이 너무 더워 저들이 더위를 먹고 헛소리를 하고 있다고 치부해 버릴까…. 그럼에도 진정성 있는 가깝고도 가까운 이웃 나라가 되기를 기도해 본다.

# 연식(年式)이 있잖아요

과학이 발달할수록 생활 문화도 비례하여 발전한다. 그 속도는 매우 빨라 과학적 인식이 자리 잡기도 전에 이미 생활의 사소한 부분까지 닿아 사고를 지배한다.

그것은 인간의 노력을 크게 요구하지 않고 편리를 제공하며 다음의 수순을 기다리고 인간으로 하여금 한없이 게을러지게 한다.

일회성 혹은 소모성 용품들이 범람하여 잠깐의 만족을 위하고 폐기되니 활용가치를 잃은 폐품은 다한 수명으로 끝나지 않고 그 처리를 위해 환경을 오염시키고 대가를 지급한다.

태어나는 모든 것은 그 효용가치를 잃으면 생명이 끝나 소멸한다. 2만 가지가 넘는 부품이 조립되어 한 대의 차가 생산되지만, 그 차는 소비자에게 주목을 받는 때가 지나면 연식을 문제 삼아 폐차의 길로 가게 된다.

소모성이기에 그렇다. 그러나 연식이 오래일수록 그 빛을 발하는 것이 있다면 그것이 소모성 물건일 지라도 소장가치가 있거나 고고학적 가치를 인정받는 보물이면 그럴 테고 장구한 세월을 넘고 넘어 그 귀중성은 남을 것이다.

그렇다면 한 인생이 태어나고 살고 죽는 날까지 연식에 대한 의미는 무엇일까? 내가 사는 아파트는 도시 고속도로에 접해있어 매우 시끄럽다. 공기도 별로 맑지 않다. 그런데 왜 그런 곳에 살고 있느냐 묻는다면 물론 처음부터 그렇지는 않았다고 말할 수 있다. 살다 보니 어느 날 소음 방지 완충 역할을 하던 톨게이트가 사라지고 요금 정산을 위해 서행하고 멈추던 차들이 질주본능을 자랑하게 되어 아스팔트의 마찰음과 속도의 부산물로 생기는 타이어 먼지와 이산화탄소, 산화질소 등 온갖 오염 먼지가 다 날아들게 된 것이다.

여름이면 열어 재껴야 하는 문을 마음대로 열 수가 없다. 어째도 올여름은 탈출해야 한다는 생각에 마누라와 의논하고 부동산 소개소를 찾았다. 지금보다는 조금이나마 쾌적한 환경으로 옮길 수 있을는지 궁리하며 도움을 받기로 했다.

그러나 중개인의 도움은 '그림에 떡' 정도다. 나의 전제 조건에 맞는 집이란 결국 좋은 여건을 가진 환경이고 더 규모가 큰 아파트이니 결국 지금 형편과도 맞질 않았다. 그러나 내색지 않고 묵묵히 듣기에 열중하지만, 중개인은 나의 반응을 보아가며 말을 접고 자리에서 일어서며 일침을 가한다.

"연식이 있잖아요.~"란 느닷없는 문책성 말을 던지는 것이다.

아니 사람에게도 연식이란 말을 쓸 수 있는 것인가…?

중개인의 뜻밖의 말에 조금은 당황했지만 재미있는 표현이라고 그냥 받아넘기기엔 석연찮은 묘한 의미가 충동질한다. 물건도 아닌 사람에게 연식을 운운하니 우습다.

그러나 생각하기에 따라 나름대로 철학적 의미가 있으리라….

그 중개인은 아주 자연스럽게 나의 형편을 꿰뚫고 있는 듯했다. 그 나이가 되도록 뭘 했느냐고 추궁하는 말인 듯했고, 그 나이가 됐으면 나이에 걸맞은 품위 유지를 하며 살아야 하지 않겠느냐는 당연성을 지적하는 듯했으니 나이에 어울리는 주거 환경을 가져야 한다는 책임성 짙은 일갈로 들려 복장을 치는 듯했다. 문을 나서는 뒤통수가 부끄럽기까지….

좀 더 구체적으로 말하자면, 작은 공간에서 큰 공간에 살아야 할 나이가 아니냐는 호된 꾸지람 같은 말이다. 자격지심과 의기소침이 분위기를 가라앉힌다.

그렇다, 그 중개인의 말이 품위 있는 말이 아닐지라도 듣고 받아들이는 내 입장은 많은 생각과 삶을 돌아보는 기회로 이끈다. 이만치의 세월 앞에 윤택한 삶을 위해 얼마나 노력했으며 때와 세월을 아끼지 못하고 낭비한 구석이 얼마였는지….

인생은 연습이 없고 그 주어진 환경이란 무대 위에서 치열하게 연기하고 시간이 다 하면 내려오는 것이다. 열정 있게 성실하고 진실한 연기로 갈채를 받았다면 그 결과는 아름다운 보상이며 그 책임은 풍요로운 인생으로 다가올 것이다.

물질 만능의 세대에서의 가치란 얼마만의 부의 축재가 인격의 평가로 자리매김을 하기도 한다. 가진 자가 더 가지기 위해 불법을 앞세운 욕망을 불태운다. 이 땅에서의 가치와 정서는 오직 부의 축재에 관심이 있을 뿐이다. 정치하는 자는 고급 정보를 앞 세워 땅 투기에 한발 앞서고, 종교인도, 교육자도 물질 앞에 양심을 내팽개친다.

사는 환경이 그 사람의 모든 모습이 될 수는 없다. 인간은 조물주가 주신 선한 양심을 따라 사람답게 살아야 하고 물질을 지배하고 초월해야 한다. 그것은 물질을 제대로 사용하는 사람들이 우리에게 많은 교훈을 던지고 있기 때문이다. 어렵고 힘든 자를 돕는 그들의 삶도 별로 여유롭지 않고 고달픈 이들이 많고, 고상한 인격과 아름다운 덕을 가진 천사표 사람들은 제 살집도 신통찮더란 것이다. 비양심적인 자들은 대부분 그 재물에 노예가 되니 남을 돌아보지 못한다. 졸부들은 그 씀씀이로 한심하게 자기 파계로 나아감을 모른다.

그렇다고 나를 변명하고자 함은 아니다. 그러나 나누며 살고 그 무엇에 헌신한 삶이었느냐 물으면 부끄럽지만, 아직 때가 남아있고 사명이 있으니 남은 때를 돌보며 성실히 살아갈 것이다.

연식이 오랠수록 가치를 발하고 높이는 소장품이 있듯이 소개소 중개인의 말처럼 인생의 연식도 오래되면 그 빛을 발해야 한다. 그

것은 어떻게 인생을 장양했느냐에 답이 있을 것이다.

비록 물질적 축재의 소질이 부족하고 그 기회를 지혜롭게 사용하지 못했을망정 삶의 고상한 것에 가치를 둔다면 정신적 풍요함은 드넓은 공간에 사는 것이다.

올여름도 20층 높이의 아파트지만 예전에 없었던 이웃 아파트들이 더 높게 전망을 막아섰으니 답답하고 여전히 제대로 문을 열지 못할 형편임은 틀림없다. 365일 밤낮으로 아스팔트를 짓누르며 질주하는 차의 소음을 들어야 한다. 길들여지지 않는 예민함이 고민이다.

쉽사리 터전이 옮겨질 것 같질 않다. 여러 여건을 고려해야 하니까…. 군데군데 띄는 부동산 소개소를 지날 때마다 반사적으로 인식표처럼 따라붙는 그 사람의 말이 생각이 난다.

"연식이 있잖아요.~"

# 내 안의 매미

2부

# 권속들의 **일상을** **바**라보며

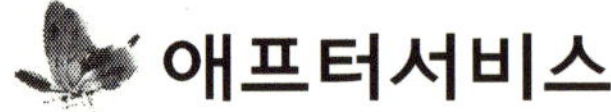 # 애프터서비스

'애프터서비스'(After Service)란 말은 아무래도 산업사회가 낳은 용어며, 대량생산과 소비에 따른 작용의 하나로 상업성의 효율적인 관리 측면에서 나온 소비자를 위한 질적 보호 기능일 것이다.

이 말의 어원이 경제나 상업적인 차원에서 출발하였음을 대충 짐작이 되지만 작금의 시대 용어는 틀에 매이지 않고 상황을 넘나든다. 군대의 전투용어가 기업의 일상 업무에서 오르내린다. 치열하고 각박한 환경에서 살아남거나 도태되어야 할 양단의 갈림길에 설 수 있기 때문이다.

자식 가진 부모들도 이 애프터서비스란 용어에서 자유로울 수 없다. 특히 자녀에 대한 집착과 희생을 감수하는 유일무이한 부모들이 한국의 부모들이고 끝없는 희생으로 평생 고통받는 자들이 있는 현실을 부인하지 못한다.

경제협력개발기구(OECD)의 주요 회원국 중 한국만 유일하게 부모의 소득이 높을수록 자녀와 만나는 횟수가 늘어난다는 연구결과가 있다. 이 연구가 한국 부모들에게 결단을 촉구한다면 결국 "자식을 놓아야만 너희가 사느니라” 라는 강력한 메시지가 될 것이다.

물론 어느 정도 가진 자들에게 해당하는 말이겠지만 부의 형편 유무에 상관없이 태생적으로 한국 부모들의 자식에 대한 정은 남다름이 있다.

첫째 여식이 출가한 후 4년 뒤에 둘째 여식이 결혼하여 2년 만에 임신하고 연이은 입덧으로 거의 7~8개월을 힘들어했다. 저 어미가 안타까운지 몇 달을 데려다 놓고 애를 쓰지만 별난 입덧을 잠재울 묘책이 없으니 당사자도 괴롭지만 온 식구가 식욕이 떨어지고 집안 분위기가 가라앉아 신 나는 일이 없다.

태명(胎名)을 ‘기쁨’이라 짓고 매일 기도하며 태교에 힘쓰지만, 육신이 고달프고 한계에 이르니 기쁨은 남의 나라 이야기쯤이고 지켜보는 사람도 지친다. 태중의 생명은 엄마의 입덧과는 상관없이 챙길 것은 다 챙기고 자란다니 아무것도 먹지 못하는 임부만 죽을 맛이다. 그 시기가 길수록 결국 산모나 태중의 생명도 영양이 부실해 문제가 될 수도 있다.

그래도 기한이 차니 순산하고 모두에게 기쁨을 안긴다. 하나님의 섭리하시는 은혜요 태명대로다. 그러나 산후 수발은 친정 어미 몫으로 돌아오기 일쑤다. 왜냐하면, 딸은 지어미가 맘 편할 뿐 아니라 엉성하고 마뜩잖은 구석을 잘 알아 챙겨 주기 때문이다.

시집을 갔으니 마땅히 시집에서 해야 할 산후조리를 친정으로 오는 이유일 것이다. 그 시집의 시어머니도 그랬을 것이고 그 할머니도 그랬을 것이니 고유한 한국의 산후조리 문화일지도 모른다.

따지고 보면 딸 가진 부모의 애프터서비스 기능이 시집보다 양과 질에서 앞선다 할 수 있을 것이다. 그러나 뒤치다꺼리하는 입장에선 고달프다. 아비는 몰라도 어미는 여간 내색하지 않고 인내한다. 이 땅의 어머니들이 다 그럴 것이다.

지어미는 그 나이에 가르치는 일을 한다. 퇴근해 돌아오지만 제대로 쉬질 못한다. 밤 12시가 가까워도 기저귀를 빨아 널고야 일을 끝낸다.


지금에 와서 생각하면 편치 않은 지난 일을 떠올리며 맘이 무겁다. 큰딸이 첫아이를 가지고 친정이라며 일본에서 나왔지만, 임산부로 있는 동안 제대로 거두어 주지 못한 그때 형편이 안타깝고 많이 아쉽다. 물론 둘째 여식에 비하면 그렇다는 것이다.

신생아는 돌보기가 여간 조심스럽지 않다. 본능적으로 의사 표현은 모두 울음으로 요청하며 자주 울고 보챈다. 그러니 경험 없는 산모는 나날의 육아 상황에 적잖은 압박에 노출되고 당황해 하지만 어쩔 줄 모른다.

매일 정한 시간에 목욕시키는 일부터 시도 때도 없이 적셔내는 기저귀 처리는 모두 제 어미의 몫이다. 옆을 지켜도 철부지 산모는 도움이 안 된다. 신생아를 돌보며 당하는 모든 일이 생애 처음 하는 일이긴 하지만 적극적으로 배울 의지가 안 보인다.

"자식 기르는 것 배우고 시집가는 계집 없다."란 속담이 있긴 하지만 매사에 불안하고 맘이 놓이지 않는다. 수유 중에 당하는 고통으로 신생아와 함께 비명을 지른다. 유방의 젖은 충만해 있으나 유선이 활성화되지 못해 생산량과 소비가 불균형을 이루니 고추 달고 나온 손자는 그 기질을 다해 본능적인 빨기 반사(sucking reflex)에 충실하지만 만족지 못하고 젖꼭지를 물어 시위를 한다. 산모는 질겁하고 이내 코끝이 붉게 물들며 찔끔거린다.

서툰 농사꾼일지라도 추수를 고대해 열심히 씨 뿌리고 김매며 일의 순서에 숙달해감같이 신출내기 아기 엄마도 이제부터 자식의 농사를 위해 첫발을 내디뎠다. 수없는 시행착오를 거쳐 한 가정의 엄마로, 아내로 진정한 여자로 그 인생이 무르익어 갈 것이다.

주안에서 태교하며 순산함 같이 받은 선물을 성실하게 바르게 믿음으로 양육하고 선물로 인하여 하나님께 영광되고 또한 그로 인한 가정에 기쁨이 풍성하기를 기대해 본다.

"세상에서 가장 악성 보험은 자식"이라는 영국, "자식은 애물이라"는 속담은 부모의 입장에서 자식은 언제나 걱정만 시키는 존재라는 의미일 것이다. 그럼에도 After Service가 아닌 One stop service만으로 살고 싶다. "아~ 이건, 진정 야무진 꿈이란 말인가?"

# 할아버지 두 마리

부모의 마음은 자식을 사회화시킨 후에도 멀지 않은 곳에 살면서 보고 싶을 때 보고 쉬이 만나지기를 바란다. 그렇지만 부모의 뜻대로 되는 일이 흔치 않다. 이런저런 사정으로 가까이도 살지만, 멀리 아주 멀리 그들의 삶을 따라 떠나 살게 된다. 요즈음은 정보 통신이 발달해 인터넷으로도 외국에 사는 권속의 얼굴을 보며 대화하는 일이 별로 어렵지 않지만 그래서야 무슨 정이 나겠는가 싶다. 부모와 자식 간 얼굴 비비며 손잡아본 때를 품 안에 자식이던 옛날을 추억하는 것으로 정을 내고 병들어 수발이 필요하면 요양원에 맡기는 성의로 효도를 다하는 세상이다.

첫 사위가 딸과 일본에 유학차 들어가더니만 공부는 아마도 뒷전이고 무슨 사업을 하느라 바빠 수년이 흐르는 사이 아들딸 낳고 이제는 눌러앉을 모양이다. 손주들을 볼 기회는 많지 않고 전화로 애기할라치면 겨우 인사로 부르는 호칭 외에는 도무지 말을 알아들을 수가 없다. 어미가 옆에서 듣고 통역을 해대지만, 소통이 신통찮다.

이들이 일본에서 4~5년을 자라면서 우리말 배울 기회를 놓친 이유다. 부모의 양육태도에 따라 아동의 행동과 정서 발달에 큰 영향을 미치는데 부모와 상호 작용함으로써 최초의 언어를 습득하게 되고 이를 계속 발전시켜 나간다.

부모가 어린이와 언어적 상호작용을 맺고 언어 모델을 제공하고 언어 발달을 어느 정도 자극하느냐가 중요하다. 하지만 고국을 떠나 살아야 하는 경우는 그 부모나 아이들의 언어체계는 많은 어려움과 정체성의 혼란을 경험하게 됨을 부인할 수 없다.

초기의 언어습득부터 아이들은 혼란을 경험하게 되는데 특히 가정을 떠나 유아교육기관에서 처음 사회적 경험을 하면서 급격하게 진행되므로 가정에서 부모와의 대화는 어려울 수밖에 없다.

부모가 현지어에 능통하지 못하다면 더 큰 문제도 발전하게 된다. 작금의 우리나라도 다문화 사회로 접어들었고 과도기적 상황에 놓인 현실은 많은 역기능이 나타나 사회의 이슈가 되고 있다.

2년 전 손주들이 어미를 따라나왔다. 공항으로 마중을 나가 맞았으나 어미로부터 훈련받은 호칭인 할아버지, 할머니를 부른 후부터는 할 말이 없었고 그 뒤로는 몸짓 언어(body language)에 의존한 눈치코치 대화로 일관했다.

머무는 동안 녀석들이 부대끼며 대화하는 것을 바라보는 것은 또 다른 즐거움이긴 하나 한 마디로 알아들을 수 없는 일본말을 그들끼리만 열심히 지껄인다. 큰놈은 동생을 향하여 삿대질을 겸하여 속사포 같은 말을 쏟아 놓고 한 놈은 대꾸하며 대드는 장면은 아주 일본서 살다 온 놈들이 맞다.

생각하다 이건 아니다 싶어 어미를 재촉하여 고국 말을 체계적으로 가르치라고 요청했지만 그리 말처럼 쉬운 작업이 아니란다. 그 후 한해가 지난 어느 날 웃고 넘기기엔 의미심장한 장면이 연출된다.

큰 손녀가 일본유치원을 졸업하고 정규학교에 입학하여 1년 과정을 공부하게 됐다고 하여 모두 축하하고 격려했다. 다행히 한국인 학교에 입학하게 되어 고국과 동일한 교육체계에 따른 교과 과정을 배우게 된단다. 따라서 유치원과 달리 전원 한국인 또래들과 공부하며 사귀게 되니 우리말 실력이 하루가 다르게 발전하고, 신이 난 녀석이 하루는 또래들과 얘기 중 가족 자랑을 하면서 "나는 한국에 할아버지가 두 마리가 있는데…."

그 얘기를 들은 반 아이 엄마들이 박장대소했단다. 아마도 친할아버지와 외할아버지를 두고 한 말일 것이다.

피아제의 '인지이론'에 따르면 3~6세를 전조작기라 하여 아동의 언어가 급격하게 발달하고 사물을 묘사하는 능력인 상징적 기능을 발달시켜 이를 통해 문제를 해결하기 시작하고 상징들은 아직 실제로 존재하는 것에 한정되며 논리적인 사고는 아직 나타나지 않는다 했다.

마찬가지로 손녀는 정직하게 있는 나름 그대로 표현했을 뿐이고 참 잘했다. 논리적인 사고는 차츰 습득하게 될 것이다. 한 마리는 친할아버지고 그 중 한 마리는 외할아버지가 분명하니 이만치 표현한 손녀가 대견하다.

앞서 말 한 대로 나라말을 익혀야 하고 타국에 사는 동안 그 말도 배우고 익혀야 하는 우리 손(孫)들이 안쓰럽다. 두 가지 언어를 습득하기까지 얼마나 많은 의문과 부담과 정체성의 혼란을 겪을까 싶다. 부모의 원인이지만 국제적 감각을 가지고 세계를 품은 손(孫)들로 씩씩하게 자라라.

"마땅히 행할 길을 아이에게 가르치라 그리하면 늙어서도 그것을 떠나지 아니하리라" (잠언 22:6)

# 밥 먹이는 일

 '일'의 사전적 의미는 몸과 맘을 쓰는 행동인데 어떤 가치 창조를
위하는 활동이다. 어쩌면 숨 쉬며 살아있다는 자체가 일하는 것이
고 인간은 일하기 위하여 태어났는지 모른다.

 짐승이나 하등 미물들은 태어날 때부터 생존본능의 프로그램이
작동하여 인간만큼의 생육보호 기간이 소요되지 않는다. 그러나
인간은 태어나는 순간부터 거의 20여 년을 부모의 양육 체계 아래
놓이게 되고 양육자는 한 인간의 존엄과 가치를 위해 더 없는 수고
와 사랑의 일을 하게 되는 것이다.


 어떤 일의 기대 효과를 높이고 성과를 거두기 위해서 일의 본질
과는 상관없는 상황을 삽입하고 연출하여 상업적이고 왜곡된 결과
를 도출하는 일이 있다면 박수부대가 그 한 예가 될 것이다.

 공연장의 분위기를 이끌기 위해 조직된 단체로 이들은 고용되거
나 조직된 사람들로 박수 치며 환호하거나 야유를 보내기도 한다.
고대 그리스 극장 공연에서 유래되어 로마제국 시대에는 극장이나

법정에서 일반적으로 박수부대를 썼다. 네로 황제는 5,000명의 기사와 군인들을 박수부대로 삼아 그의 연주 여행에 함께 이끌고 다녔다. 18세기와 19세기에는 모든 극장에 이들을 동원했고 프랑스에서는 정교한 조직을 사용했다. 현대에 와서는 라디오와 텔레비전 프로그램에서는 웃음과 환호성을 녹음해서 사용하거나 스튜디오에 참석한 사람을 웃기거나 환호하게 하기 위한 플래카드를 이용하기도 한다.

희곡작가 '김수현'에 의하면 오페라 '카르멘'은 오늘날 세계적으로 많이 공연되는 걸작이지만 파리에서 초연될 당시에는 지독한 혹평을 받아 작곡가 비제는 그 충격으로 요절했다. 그러나 그 이듬해 브뤼셀 공연에 이은 런던공연에서 성공을 거둔 뒤 파리에서 재상연 되었을 때에는 열광적인 찬사를 받았다. 그 시대에는 작품의 완성도와 상관없이 상연작의 성공과 흥행보장은 '무대 성공 보험회사' 즉 박수부대가 열쇠를 쥐고 성업 중이었다.

그들이 책임자의 지휘에 따라 적재적소에서 일사불란하게 환호하며 박수를 쳐대는 바람에 다른 관객들은 자신도 모르는 사이에 휩쓸리게 된다는 것이다. 뒷날 밝혀진 이 가공할 회사의 요금 협정표를 보면 '보통의 박수갈채'- 13프랑. '근사해! 죽여준다!'의 감탄사 - 13프랑. '그칠 줄 모르는 앙코르 박수'- 50프랑 등으로 세분됐을 정도로 공연 성패 조작이 치밀한 조직이었다 한다.

둘째 딸이 다니러 왔다. 손자 녀석이 잘 먹지 않아 끼니마다 밥
한 숟갈을 입에 넣어주는 것이 일의 차원을 넘어 고역이 된 지 오래
란다. 어미를 닮았는지 먹는 일에는 별 관심이 없다. 사위는 거구에
먹새 또한 걸맞으니 분명 애비 체질은 아닌 것 같고 심한 입덧 끝에
작게 낳아 크게 키우려는 양육 계획에서 일찌감치 벗어나고 말았다.

겨우 저 체중을 턱걸이를 벗고 태어나 두 돌이 되어가지만 큰 두
상의 무게를 이기기 위해 몸 전체의 중심이 흔들리고 뒤뚱거린다.
밥숟갈을 들고 따라다니며 씨름을 하고 나면 한 시간은 여사로 흘
러가고 어미는 지친다. 그러다 보니 모처럼 입 벌리는 찬스가 되면
한 숟갈 들어가는 양은 어른 밥숟갈을 뺨친다.

아이가 밥을 제대로 씹어 넘길 수 있을까~ 숨이나 제대로 쉴 수
있을까~ 염려되어 물으면 대답 왈 모처럼 잡은 기회에 밥을 많이
밀어 넣지 않으면 안 된다는 것이다. 걱정 수준을 벗어나는 딸과 손
자 사이의 생존전략이 아닐 수 없다.

며칠 머무는 중 하루는 손자 놈이 배가 고팠는지 주방을 기웃

거리기에 온 식구가 달려들어 먹이기로 했다. 처음 몇 숟갈은 잘 받아먹는다. 물론 숟갈마다 칭찬을 동반해야 했으나 횟수가 그리 오래 거듭되지 않는다. 많이 잘 먹는 놈이 아니기 때문에 우리는 연신 손뼉를 치며 열정적으로 행동을 고무시킨다. 한 숟갈 넣을 때마다 "와~ 잘 먹네!" "우리 손자 착하네!" 등등 적극적인 손뼉를 쳐 결단을 촉구한다.

거부하던 밥숟갈을 열렬한 박수 때문에 마지못함인지 눈치가 있는 건지 체면을 차리는 것인지 모를 일이나 입을 벌렸고 다른 때 보다 몇 숟갈을 더 먹인 꼴이 됐다. 아마도 내일은 녀석이 힘이 좀 더 붙을 것 같은 안도감이 든다. 저절로 때만 되면 잘 먹는 아이가 대부분이겠지만 이 손자 놈은 까다롭고 예민하고 피곤하다. 언제까지가 될지…. 매 끼니를 먹이기 위해 붙들러 가고 도망가고 …. 씨름하며 부모 노릇 한다고 땀 흘리는 딸을 생각하니 안쓰럽다.

"손자야~ 오늘 저녁에 너를 향한 박수는 순수한 격려였단다." "진실이 왜곡된 너를 기만하려는 의도된 박수가 아니었음을 알아줬으면 참 좋겠다."

"튼튼하게 세계를 품은 꿈나무로 자라 거라"

# 성별(性別) 생산이 마음대로?

세상만사 자기의 계획과 뜻대로 되는 일은 별로 없다. 그것이 불완전한 인간의 모습의 한계이고 삶의 실체이다.

남녀가 만나 사랑하고 결혼하여 자녀를 낳는 일은 여느 동물과 다름없다. 그러나 인간사에는 아들 낳기를 간절히 바라고 어떤 이는 또 딸을 가지기를 소원한다. 그 가계의 정서와 문화에 기인하는 경우가 대부분이다. 아들이 없어 고민하고 또 어떤 집은 아들만 있어 삭막함을 아쉬워 딸을 기다리는 경우도 있다.

한 가정의 형편에선 되돌릴 수 없는 불균형이지만 사회 전체 구성 요소로서의 성비(性比)는 균형을 이루어 가니 아이러니가 아닐 수 없다.

"사람이 마음으로 자기의 길을 계획할지라도 그의 걸음을 인도하시는 이는 여호와시니라" (잠언 16:9)

딸을 먼저 낳고 아들을 낳으면 최상의 점수, 아들 다음 딸이면 우수 점수, 딸 둘이면 합격점, 아들 둘이면 낙제점, 셋 이상 낳으면 미개인, 시중에 회자하는 평점이다. 근거는 아마도 양육과 가정의 정서에 기인한 위트가 아닌가 싶다.

작금의 핵가족, 소가족화 경우에도 가풍이나 아직 잠재하는 남아선호 사상의 구태가 임산부들의 심리를 압박하고 옥죈다. 반대로 남자들이 득실거리는 집안에선 청량한 공주를 기다리지만 그게 계획대로 되질 않는다. 지금 우리나라는 대체 출산율이 떨어지고 노령인구가 증가하는 고령사회로 접어들어 국가 경쟁력 차원의 심각한 인구 정책이 요구되는 시점이다.

젊은이들의 결혼시기가 늦어 30대 중후반의 초산이 주류를 이루고 양육의 부담으로 둘도 낳기 꺼리니 심각한 문제가 아닐 수 없다. 가정마다 최소한 본전치기라도 해야 할 텐데 말이다. 많이 낳지도 않으면서 아들딸 선별 임신을 위해 소위 과학적 방법을 동원하는 백태가 있으니 음식섭취부터 부부 관계 때 순서, 자궁의 산성유도, 염분농도 맞추기, 성교 횟수 조절하기 등등을 사용하지만, 결과는 신통찮다.

큰딸이 먼저 딸과 뒤에 아들을 낳아 만점을 받았다. 작은딸은 몇 해 뒤에 결혼하여 첫아들을 낳았다. 두 번째는 시댁의 그 남성들만의 권속을 향하여 삼박한 낭보를 던질 딸 생산을 염두에 두고 언니를 부러워하며 은근히 부담을 가지고 있음이 틀림없다.

입덧을 시작하고 근 달포를 친정에 머무는 동안 제 어미가 꾼 태몽을 입맛에 맞게 해몽하며 입덧을 잠재운다. 물론 외조부 신분으로 잠자코 있을 수는 없어 대언 장담하며 "둘째 놈은 너를 닮은 예쁜 공주임이 틀림없다." 라고 몇 번이나 되뇌고 어설픈 짐작을 세뇌시킨다.

호주제도가 폐지되고 여성의 사회참여와 역할이 증대되면서 성별 영역이 사실상 무너지고 있다. 이제는 '잘 낳은 딸 하나 열 아들 안 부럽다'로 여성의 사회적 인식이 업그레이드되고 있다. 시대 정서를 말해준다면 다음 슬로건은 '잘 낳은 아들 하나 열 딸 안 부럽다'가 되겠지…. 남자가 어리뜩하면 취직은 물론 장가도 들기 틀린 세상이다.

방학 중이라 틈을 내 작은딸 집에 들러 며칠을 묵고 내려오는 날 마침 딸이 정기검진일이라 사위가 함께 병원에 다녀오겠노라고 나선다. 이번 검진은 아들이냐, 딸이냐를 판명해 주는 날이니 다녀올 때까지 머물고 소식을 듣고 기분 좋게 내려가란다. 물론이다. 기꺼이 기다리겠다고 했으나 그 기다림은 사뭇 흥분되고 묘한 긴장감이 대구의 여름 한낮처럼 지치게 한다. 두어 시간 후 현관문 소리에 이어 들어서는 이들의 인사말의 억양은 분명히 어둡고 가라앉은 어쩌면 체념한 듯 한 목소리임에 틀림없다. 순간 짐작하고 "아들이구나…." 이들은 대답대신 고개만 끄덕인다. 딸은 벌써 눈가가 젖는다. 시댁의 남정 일색의 분위기를 야구게임의 9회 말 2사 만루 풀 카운트에서 오직 홈런 한 방을 기대했는데 아뿔싸! 절반의 확률로 빗나가고 만 것이다.

"아들 둘이라 든든하고 좋겠네…." "어쩌면 아들을 둘씩이나 가질 수 있느냐. 축하한다.~"그러나 이들에게 순간의 어떤 말의 위로도 귀에 들어오지 않는다. 기어이 딸이라고 대언 장담 했던 터라 쥐구멍을 찾을 분위기가 되고 말았다.

"의인의 아비는 크게 즐거울 것이요 지혜로운 자식을 낳은 자는  그로 말미암아 즐거울 것이니라." (잠언 23:24)

그렇다. 생명에 관한 결정은 오직 조물주만의 능력이요 인간선택의 여지를 초월하신다. 그런고로 성별과 관계없이 건강한 생명 주심을 감사하며 기쁘게 순응해야 한다. 하나님이 한 생명을 이 땅에 내심은 그로 말미암아 섭리하시는 계획과 은혜가 있음을 믿어야 한다.

"보라 자식들은 여호와의 기업이요 태의 열매는 그의 상급이로다." (시편 127:3)

아무리 세상이 흉흉하고 각박하더라도 믿고 구하고 찾는 그의 백성은 은혜로 이끄신다. 태교와 출산을 도우실 하나님을 의지하니 그 생명은 복 받은 자이다.



잠시 서먹한 시간이 흐르고 내려가겠노라고 일어섰다. 이들은 저녁 시간까지 함께 하자고 종용했으나 분위기상 심기가 피차 불편해 그냥 문을 나섰고 배웅을 위해 따라나온 사위가 "아버님 받으십시오." 차를 몰고 올라왔으니 기름값을 대겠노라고 배려하며 금일봉을 준비해 건넨다. 받아 들기는 했지만 겸연쩍다. 이들의 성의가 즐겁지 않고 부담이 되는 순간이다. 그러나 인간적인 섭섭함은 그것으로 족하다. 더 이상의 심리적 자책은 태중의 생명에 대한 모욕일 수 있다. 부모의 마땅한 생각은 아닌 것이다.

차를 몰아 아파트를 빠져나온다. 백미러에 비치는 딸은 이것저것 다 섭섭한지 눈가를 훔치고 서 있다.

"젊은 자의 자식은 수중의 화살 같으니." (시편 127:4)

# 여행 유감

여행으로서의 떠남은 미지의 시간에 대한 기대감으로 설레고 즐겁다. 피로한 일상을 벗어나는 것과 홀가분한 기분이 겹쳐서 일 것이다. 둘째 사위가 모 회사 연구원으로 일하며 그 스케줄을 따라 선택의 여지 없이 휴가를 떠나야 하는 일정에 느닷없이 우리 내외가 한 몫 끼이게 되어 여행길에 올랐다.

늦봄이고 귀빠진 날이 멀었음에도 '아버님의 생신 기념'이라는 딱지를 달았으니, 이래저래 이들은 명분과 실리를 챙긴다. 한참 늦었지만, 처음으로 가는 제주도 여행이라 약간은 들뜨지만, 일찌감치 동부인(同夫人)해 자비 여행을 하지 못한 겸연쩍음이 아내를 쳐다볼 면목이 없다.

살기 바빠서라는 구태의연한 변명에 앞서 여행의 가치를 어디에 두느냐에 따라 생각과 판단은 다를 수 있다. 여행은 자연이 주는 풍광과 기이함, 오묘함, 아름다움 그리고 그곳 사람들의 보편적 삶의 모습에 대해 소중한 경험을 할 수 있는데, 흔히 아직도 '어디를 아직 못 가봤느냐?'라고 빈정거린다면 이렇게 얘기할 수 있을 것이다.

단지 명승지라는 것과 이동 수단이 비행기나 배편을 이용해야 하는 큰 움직임이 제주도 여행의 특징이고 또한 여유 있는 시간의 할애와 계획성이 요구되는 것도 제주 여행을 어렵게 만드는 이유라 말할 수 있다.

나도 명승지 해운대 토박이지만 같은 이유 등으로 아직 제주도 사람을 포함한 이 땅의 얼마나 많은 동포가 해운대를 찾지 못했을까 생각하면 여행이 그렇게 쉽게 하는 일이 아니라 싶고 자위하는 맘이 든다.

거두절미하고 공항 로비에서 탑승절차를 밟는 중 시발부터 여행 숙맥 아내의 실수가 예사롭잖다. 주민증을 안 챙겨 확인받지 못해 당황해 한다. 물론 살피지 못한 내 실수를 포함해야겠지만 브레이크가 걸리고 불순한 일기는 들뜬 기분을 충분히 반감시킨다.

제주여행은 일기와 왕복을 예약한 비행기는 오르는 순간부터 임의대로 손쓸 수 없다. 주어진 대로 즐기든 죽치든 양자택일이다. 전날 일기예보로 어느 정도 예상한 일이긴 하지만 얼마 후 도착 비행기 트랩에서 내리는 순간 빗방울이 먼저 반긴다. 가마 타고 시집가기는 틀렸다. 섬나라를 찾은 인사쯤으로 여기고 예약된 렌터카에 오르니 빗방울은 점점 환영의 도를 높인다.

제주도는 섬 전체를 둘러보기 위한 지리적 환경으로 인해 교통편 인프라가 잘 구비되어 있다. 렌터카는 전 지역의 관광코스를 내비게이션으로 구축해 입맛대로 지정하고 달리기만 하면 된다.

굵은 빗줄기를 헤치고 숙소로 향하지만 내비게이션의 안내표시에 신경을 곤두세워 낯선 길의 풍광은 아예 눈에 들어오지 않는다.

숙소에 짐을 풀자마자 사위는 관광코스를 잡았다. 비로 인해 적절치 않았으나 내친김에 목표한 코스를 둘러보기 위해 시간을 아껴 우중에도 볼 수 있는 곳을 정하고 채비를 차렸다. 하지만 마누라는 피곤해하며 흥미를 잃고 늘어진다. 하는 수 없이 혼자 남겨두고 딸 사위와 관광에 나섰지만, 맘이 편하지 않다. 모처럼 여행이고 가는 곳마다 남는 건 사진인데 함께 찍지 못하는 아쉬움은 마누라로서는 시집갈 때 등창 난 꼴이다.

그날 판 깨는 일로 끝났으면 좋았으련만, 마누라는 여행복이 지지리 없는지 온 이틀 밤을 몸살 기운으로 꼼짝 없이 집 지키는 강아지가 되었다. 가던 날이 장날이다. 평소에 집에서는 이렇게 심하게 앓고 드러눕는 일이 별로 없는데 섬나라 입국 신고식을 톡톡히 하는 셈이다.

이튿날 병·의원을 찾아 주사 맞고 약을 탔으나 금방 회복의 기미가 보이질 않는다. 마누라는 3박 4일의 여행 중 이틀을 숙소에서 창밖 바람에 쏠리는 야자수만 쳐다보는 신세가 되었다. 관광지에서 병나지 말라는 법이 없는 한 어쩔 수 없다. 의사 말을 빌리면 이곳에 와서 병이 생겨 관광이고 뭐고 떠나는 예약 비행기를 타지 못하는 환자들이 종종 있단다.

　사흘을 딸 사위와 이곳저곳 기웃거렸지만 차 내비게이션 밖으로 바쁘게 비껴가는 야자수와 주행선만이 기억을 채운다. 마지막 날 마누라의 컨디션이 약간의 차도를 보이며 남은 코스 일정을 계획하지만, 망건 쓰자 파장되는 꼴이니 아내가 측은하다.

　누구 탓도 아니지만 나도 노루잠에다 띵하고 머리가 무겁다. 사위는 무엇을 확인하고 싶은지 틈틈이 묻는다. "아버님 어땠습니까~?" 여행 성과를 살피는 사위에게 상쾌하게 대답을 못 해주는 이유는 뭘까…. 딸 사위는 나름으로 섬긴다고 챙겼건만 보조를 맞추지 못한 어설프고 집 나가 고생만 한 여행이 되고 말았다. 마누라에게 물으니 제주도는 기억하고 싶지 않다고…. 여행은 아무나 하는 게 아닌가 보다…. 마누라가 분위기 파악이 되면 다시 한 번 제주도를 건너볼 수 있으려나~ 그땐 사위 놈이나 딸년이 운전하면 뒤 자석에 푹 파묻혀 조금은 편하게 할 수 있겠지…. 그럼에도 불구하고 부잣집 외상보다 버렁뱅이 맞돈이 좋다고 좀 더 가까이 있는 자식이 효자 구실을 한다.

# 어떤 결혼식

결혼식을 잡아 놓은 당사자들은 당일의 일기에 무척 신경이 쓰인다. 춥거나 비가 오면 피차에 불편하고 올 사람도 못 올 수가 있기 때문이다. 특히 대기가 불안한 봄철이 그렇다.

삼월은 삼라만상이 생기를 회복하며 움트는 자연의 섭리를 따라 인간도 짝 맞춘 자웅의 발동으로 새로운 시작을 알린다.

오늘은 조카 여식의 결혼식 날이다. 전날은 궂은 날씨로 예보되어 경사스러운 날에 일기가 도와주지 않음을 얹잖아 했는데 자고 나니 바람 한 점 없이 는개가 내린다. 들뜨고 호사함을 경계하듯이 온 세상을 차분히 품은 듯 평온하다. 오늘은 남보다 한발 앞서 불귀의 신세가 된 매제의 일을 떠맡아 아비 노릇을 해야 한다.

지금은 한국 전통 혼례식 장면을 보기 어렵다. 물론 시골에서는 아직 풍습이 혹간 남아 있기도 하겠지만, 신랑 측이 가마를 가지고 가서 신부를 맞아 온다. 연지 곤지 바른 가마 탄 신부를 쫓아 결혼식 집 마당까지 따라갔던 아름답고 즐거운 동네잔치가 서구문화에 밀려 이제는 거의 사라지고 추억의 전통문화로 기록에만 남을 것이다.

작금의 결혼식은 거의 신부는 아버지의 손에서 신랑 측으로 인계되는 절차를 거치게 되는데 지금 우리의 결혼식 문화는 미국과 독일의 영향을 많이 받아 진행되고 있음을 볼 수 있다.

미국은 신부가 들러리를 대동한 채 아버지의 손에 이끌리어 성직자에게 인도되고, 독일은 신부가 아버지의 손에 이끌리어 식장 안으로 들어서고 신랑은 신부 아버지가 신부를 데리고 앞으로 나올 때까지 정면에서 기다리고 있다가 인계받는데 이 절차는 이제 신부가 가족의 품을 떠나 남편에게 맡겨진다는 것을 의미한다.

그렇다면 우리나라는 독일의 예식문화를 많이 닮아있다고 하겠다. 그러나 모든 문화는 획일과 정체를 거부한다. 수용과 동화를 거치면서 진화하는 살아있는 유기체다. 그 필요를 따라 발전하며 그 실체를 드러낸다.

조카 여식이 그러하듯이 조카사위가 또한 편모인지라 양가의 형편이 같아 지금 신랑 신부의 변통은 새로운 문화의 시작을 준비하며 그 모습을 드러내고 있다.

관례에 따르면 나는 오늘 질녀의 손을 잡고 입장해 신랑에게 넘기는 일을 하기로 되어있으나 이들은 예식 입장을 그들의 방식대로 하기로 했고 주례를 맡은 목사는 시간이 되니 신랑 신부 입장을 알린다.

결혼 행진곡이 울리고 신랑 신부는 잠시의 머뭇거림도 없이 붉은 카펫을 밟아 걷기 시작한다. 이들은 이미 함께 약속한 대로 당당히 그리고 조심 있게 험한 세상 앞으로 첫걸음부터 맞추고 있다. 이들은 함께 입장하고 또 함께 퇴장 할 것이다. 인생은 혼자 왔으나 누군가를 만나 평생 반려자로 삼기로 했다면 그때부터는 누가 뭐라 한들 하나인 셈이다.

서로의 표정은 밝고 그늘이 없다. 흔히 오래 산 부부들이 닮았다고 말하지만, 이들은 이미 많이 닮아 오누이같이 친근하고 다정한 분위기를 연출하고 있다.

주례자 앞에 선 이들은 주례 목사의 권면을 한 마디로 놓치지 않으려는 듯 야물고 진지하다. 주례자의 성혼 선언에 이어 식순에 따라 축가가 기다린다. 당연히 우인 내지, 속한 그룹에서 할 것으로 여긴 첫 축가를 신랑이 직접 당돌하게 마이크를 잡아 신부를 위한 사랑의 노래 'You love so beautiful'을 부르기 시작한다. 들러리로부터의 축하 이전에 스스로 사랑하는 내 여자를 챙기겠다는 강력한 메시지인 셈이다.

흰 턱시도와 도회적인 용모에 알맞게 흘러내린 머릿결을 날리며 열창한다. 이마와 콧등에 맺히는 땀은 최선을 다하여 신부를 사랑하며 섬기리라는 의지를 읽게 한다.

열창을 다한 신랑은 신부 앞에 무릎을 꿇고 손등에 입을 맞춘다. 신부는 예상 밖의 고백 앞에 놀라 감동하고 어쩔 줄 몰라 한다.

신랑이 일어나 마주 대하고 보듬으니 이 장면을 위한 기악 도우미들의 음악은 더 애절하고 아름답다.

이런 예식을 처음 경험하는 하객들도 웅성거리고 함께 감동한다. 의도적이고 연출된 이 장면은 사실상의 예식의 하이라이트라 할만하다.

신부를 충분히 감동하게 했고 하객들의 심금을 울린 최상의 결혼식 장면이다. 식장 분위기는 숙연하고 감동의 표정이 역력하다. 하객들은 옆 사람의 눈치를 살피며 손수건을 눈가에 갖다 댄다.

매제를 대신해 부모석에 앉았지만, 이들이 준비하고 시작하는 아름다운 모습이 시큰 뭉클한 감동을 안기고 있다. 끝 무렵 식순에 따른 요청으로 인사말을 통해 하객들의 분위기를 살피니, 획기적이고 신선한 결혼식 그림을 하객들이 공감하고 있음을 읽을 수 있다. 이들의 필요로 시도된 예식의 장면이 앞으로 새로운 예식 문화로 번져감도 그 의미와 가치가 클 것으로 생각게 하고 남음이 있다.

무엇보다 신앙의 세계관으로 맺어진 이들은 표정이 밝고 가능성과 희망이 보인다. 믿음의 의지가 이들을 복되게 하리라….

아직도 큰 울림의 축하연주가 식장을 진동시키고 밖은 여전히 는개가 자욱이 가라앉는다.

#  쓰나미와 일본의 딸

범인(凡人)도 지금 세상 되어가는 형국을 보노라면 말세라고 한다. 항간에 인륜을 저버린 사건이 일어나도 사람 감각은 미동도 않고 양심은 화인 맞은 지 오래다. 땅의 처처에 기근과 지진 전쟁으로 얼룩지고 이미 중병을 앓고 있으며 하나뿐인 지구환경도 인간으로 하여금 황폐해져 자정 능력을 상실해 몸부림친다.

"무화과 나무의 비유를 배우라 그 가지가 연하여지고 잎사귀를 내면 여름이 가까운 줄을 아나니 이와 같이 너희도 이 모든 일을 보거든 인자가 가까이 곧 문 앞에 이른 줄 알라" (마 25:32-33)

2011년 언 땅이 녹고 막 봄이 열리는 3월 초 오후 학교 수업을 끝내고 오는 차에서 방송을 듣는데 일본 동북부 바다 및 판 구조의 지각 요동으로 해일이 일어났다는 것이다. 순간 반사적으로 일본에 사는 딸의 가정이 걱정되어 아내에게 확인을 부탁하고 추이를 기다렸다. 얼마 후 연락이 왔다. 도쿄는 계속된 여진으로 힘들지만 견뎌보겠노라는 말을 남긴다.

지구의 재앙이다. 미야기 현 해안을 급습한 해일은 개천을 거슬러 올라와 게센, 다카타, 이마이즈미, 오하타, 다케고마 마을을 휩쓸었다.

오하타 마을은 항구에서 8km 정도 떨어져 있었지만, 수마를 피하지 못했고 참혹한 장면은 NHK 방송 헬기 카메라 영상으로 생생하게 전 세계로 송출되고 인류가 전율한다. 바다 밑을 뒤집은 시커먼 물이 제방을 넘어 건물을 삼키고 자동차들은 이미 장난감처럼 파도 위로 데굴거리고 큰 배 작은 배 할 것 없이 뒤집혀 4, 5층 건물 옥상에 더러 누워있다. 파도 높이가 20m는 족히 되어 보인다. 닥치는 대로 휩쓸며 도시를 삽시간에 덮쳐 모든 것이 사라지고 간혹 콘크리트 구조물의 뼈대만 앙상하게 남겨진다. 공식집계가 나오지 않았지만, 사망 실종이 수만에 이를 것이라 한다.

살아남은 자에 대한 현장 취재 기자의 질문에 '이즈미다 마사요시' 씨는 "쓰나미가 밀려온 날 가족과 함께 온 힘을 다해 도망친 덕에 목숨은 건졌지만, 마을이 완전히 사라졌다. 지옥에 있는 것 같다"며 고개를 떨군다. '엎친 데 덮친다'는 말은 지금 일본의 상황이다. 쓰나미로 인해 후쿠시마 원전이 연쇄적으로 사고를 일으켜 방사선이 유출되어 인근 지역으로 퍼져 나가 처음에는 20km 이내 주민에게 피난을 요청했으나 매일 그 범위가 넓어지며 피난행렬이 줄을 잇고 일본 동북부인들은 남부로, 외국인들은 일본 탈출로 공항은 표를 구하지 못해 실로 공황상태다. 선진 각 나라는 전세기를 띄워 자국민의 탈출을 돕고 있다. 물과 기름 식량에 이어 빛까지 잃어버린 일본의 시름과 고통이 깊어지고 있다.

> "또 이르시되 민족이 민족을, 나라가 나라를 대적하여 일어나겠고 곳곳에 큰 지진과 기근과 전염병이 있겠고 또 무서운 일과 하늘로부터 큰 징조들이 있으리라" (눅 21:10-11)

일본의 난리를 여러 시각에서 말할 수 있을 것이다. 우선은 순식간에 그리고 상상을 초월하는 자연의 힘 앞에 인간의 무력하고 나약한 존재임을 깨닫게 된다. 일본을 바라보는 심경은 어쩔 수 없고 다만 그 처참함을 안타까워하며 동정할 뿐이다.

조용기 목사가 그 이틀 후 인터넷 신문 인터뷰에서 "일본지진은 일본 국민이 신앙적으로 너무나 하나님을 멀리하고 우상숭배, 무신론 물질주의로 나간 것에 대한 하나님의 경고다. 이 기회에 주님께 돌아오면 좋겠다."고 했다. 그러자 문학 평론가 진중권은 조용기 목사를 향해 "정신병자들이 목사질을 하고 자빠졌다."며 독설을 퍼부었다. 이어서 "더 큰 문제는 저런 헛소리를 듣고 '아멘''할렐루야' 외치는 골빈 신도들" " 저런 건 종교가 아니라 집단 히스테리죠. 치료를 필요로 하는 정신의 질병입니다."

조용기 목사는 종말론적 시각으로 상황을 보고 영적 진단을 했다. 한국을 대표하는 신앙의 지도자가 독설을 들은 것이다. 무신론자와의 인식이 다름은 있으나 때와 장소가 시의적절치 못한 면을 부인할 수 없다. 그들의 영혼을 생각하며 불쌍히 여기는 일은 교회 안에서 하고, 공개적인 발언에서는 그들을 먼저 위로했어야 할 것인데…, 그러나 의분에 가득 찬 진중권은 좌충우돌 막가파식의 독설을 무책임하게 내뱉었다. 안하무인이다. 이 땅의 기독교인들을 매도한 것이나 다름없다. 무신론자가 영적인 혜안을 이해할 수 없기 때문이기도 하다.

"또 실로암에서 망대가 무너져 치어 죽은 열여덟 사람이 예루살렘에 거한 다른 모든 사람보다 죄가 더 있는 줄 아느냐 너희에게 이르노니 아니라 너희도 만일 회개하지 아니하면 다 이와 같이 망하리라" (눅 13:4-)

딸의 가정이 일본에 들어가 8년째 살고 있으면서 자주 경험하는 일상이 바로 지진이다. 흔들림에 꽤 익숙해졌음에도 이번 지진은 삶의 방향을 바꿀 수도 있는 어지럼이다.

딸은 셋째 아이를 가져 다음 달이 출산이다. 걱정이 태산이 되어 무거운 배만큼 가슴을 짓누르고 운신을 방향을 놓고 갈등이 한계

에 이른다. 시댁과 친정에서 걸려오는 전화는 한결같은 귀국독촉이
다. 방사성물질이 점차 남하하여 도쿄에까지 미쳐 수돗물에 한 살
어린이는 마시지 못한다는 경고다. 심각하다. 생수와 생필품이 동
나고 질서와 침착하기로 강점인 일본인들이 사재기를 시작해 마트
진열장은 텅 비어있다. 더는 버티기는 무리다. 선택의 여지는 오직
귀국하는 일이라 아이의 학교를 휴학하고 일본에서 출산키로 했던
계획도 포기하고 환난의 땅 고통의 땅을 탈출한다. 며칠 후 골육을
대하니 이제야 안심이 된다. 종말론적 삶을 항상 준비해야 함을 깨
닫게 하는 순간들이다.


"만물의 마지막이 가까이 왔으니 그러므로 너희는 정신을 차리고 근신하여 기도

하라" (벧전 4:7)

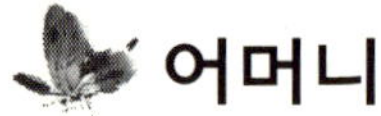# 어머니

예닐곱 시쯤이면 어김없이 전화통이 울리고 그 시간에 집에 있는 날이면 여전히 안부를 물어 오시는 어머니의 숨 가쁜 목소리를 듣는다. 주객이 전도된 꼴이다. 부모에 대한 자식의 염려가 언제나 한발 늦어 모양새가 안 좋고 부끄럽지만, 이제는 타성에 젖은 일상이 된 지 오래다.

팔순의 어머니는 생리적인 리듬에 잘 순응하시고 또 당신의 할 일을 잘 챙기신다. 초저녁잠이 오니 그 전에 식사를 끝내고 큰아들부터 시작해 별일 유무를 확인한 후 일과를 정리하신다.

자식을 위한 염려의 변함없는 마음은 격식과 순서를 넘어 숭고한 사랑일 뿐 그 어떤 자존심도 내세우지 않으신다. 그러나 먼저 안부를 묻지 못하는 자식의 무관심은 부끄럽고 불효한 일일 것이다.

성경에 "인생 칠십이요 강건하면 팔십이라." 했으니 어머니는 천수를 하시고 더 강건한 수를 누릴 것이라는 생각은 들지만, 언제부터인가 말소리에 숨이 차고 관절염 때문에 수족이 불편하기 짝이 없다. 모든 운동하는 기관은 노후의 징후가 있게 마련이고 인간 역시 모든 장기가 후폐하니 생로병사의 이치를 거스를 수가 없다.

부산의 토박이 어머니는 범일동에서 4남 1여의 외동딸로 태어났다. 오빠들 틈에서 귀엽게 자랐다기보다는 오히려 남자들의 분위기를 익혀 씩씩한 머슴애같이 성장했고 19살 꽃다운 나이에 체신 공무원인 해운대 청년에게 시집을 왔다.

때가 사변의 직후라 시대 상황이 암울했고 삶은 피폐하고 딱하여 한 치 앞을 내다볼 수 없는 각박함이 있었다.

변두리 해운대 주민은 대부분이 농사와 갯가에 생업을 걸고 있었으며 밀려드는 피난민들은 해운대 변두리 언덕과 야산을 파헤쳐 집터를 잡았고 두 평 남짓한 판잣집을 지어 대여섯 식구가 운신할 수도 없이 부대끼는 생활을 해야 했으니 겨우 목숨을 부지하는 비참한 아픔의 세월이 기약 없이 펼쳐져 있었다.

시대 상황이 이쯤 되니 더불어 사는 이상향적 배려는 남의 나라 얘기쯤이고 무질서와 아귀다툼의 생존을 위한 몸부림이 난무하여 이성적인 삶과는 거리가 멀었다.

하루의 시작은 막 전쟁의 총칼을 벗어나 먹고 살기 위한 전쟁으로 전이되어 허덕임과 원망이 하늘을 찌르고 굶어 죽는 사람도 눈에 띄었고 걸인들은 종일 동내 골목을 배회하고 다녔다.

우리 집 마당 한쪽에도 함경도 사람과 평양 사람이 각각 판잣집을 지어 살았고 그때 듣고 익힌 이북 사투리 말과 정서를 잊지 않고 있다. 먹고 사는 일이 비단 피난민들만의 문제가 아닌 나라 전체의 시급한 과제였으며 수도 없는 보릿고개를 지나야만 했다.

부농은 아니지만, 조부모의 가진 땅은 농사일을 업으로 삼는 두 백부에게 모두 상속되고 아버지는 공무원이라는 명분만으로 단출하게 지어준 초가 한 칸이 유산 전부였다. 논밭이 없으니 처음부터 먹거리는 시장에 의존해야 하는 부조화가 있었다.

어머니는 공무원의 아내가 되었지만 속 빈 강정이라 했던가…. 당시의 말단 공무원의 봉급은 쥐꼬리란 말이 거기서 시작되었을 것으로 짐작되는 말이리라…. 그 봉급을 다 가져다 주어도 입에 풀칠만 하는 궁핍한 수준인데 설상가상으로 가족을 돌보지도 사랑하지도 않는, 오직 자기도취에만 빠져있는 한량기질의 아버지는 우리로 하여금 충분하고도 감내하기 어려운 고통의 나락으로 몰아넣었다. 당신의 무책임한 처신은 어머니의 고통으로 전가되어 일곱 식구를 거느린 호구지책 나날의 압박은 억장이 무너지는 한 맺힌 세월이었다.

그때의 공무원들은 인사이동이 많아 자주 타지로 전근을 가야 했다. 아버지는 다섯 번의 근무지를 옮겨 다녔고 어머니는 철부지들과 이사 봇짐을 수도 없이 싸야만 했다.

그때마다 감내하며 해야 할 일들, 특히 민생고가 주된 해결책이었으나 대책 없는 남편을 바라보지 못해 이리저리 자식을 위해 동

분서주한 어머니의 곤욕은 참으로 컸다. 그런 어머니는 속 골병이 들고 복장이 아프시다.

그 시절의 남정네들이 대체로 단순 무식했고 되어 먹지 못한 남자의 호기를 부려 힘없는 여자들을 습관적으로 폭행해 우물가에서는 시퍼렇게 멍든 아낙네들의 얼굴을 자주 볼 수 있었다.

어머니도 그 시절의 정서에서 예외는 아니었고 아버지 또한 그 만용의 굴레에서 자유스러울 수가 없다.

어머니의 한결같은 의지는 자식들을 위하여 해준 것이 아무것도 없어 절망스러웠겠지만 이제나저제나 장성하는 자식들이 잘되기만을 소망했으리라….

'남편 복이 없는 여자는 자식 복도 없다'란 회자하는 말이 늘 어머니의 맘을 그늘지고 무겁게 했음을 안다. 그러나 자식들이 모두 부모의 부정적인 요소만 유전으로 물려받질 않는다. 특히 장남으로 자란 나는 아버지의 전철을 밟지 않으리라는 결심과 질고의 삶을 사는 어머니를 위해 어떻게 살아야 할 것을 열 천 번도 더 다짐하며 성장했고 오늘날에 와 서서 돌아보는 나의 선한 결심은 만족하지는 않지만, 어머니의 남은 생애를 최선을 다해 돌보며 섬긴다는 생각에는 부끄럼이 없다.


긴 세월 후에도 어머니의 푸념과 독백은 이어진다. "못 멕이고…

몬 입히고… 공부 몬 시키고…." 질고의 날을 몇 겹이나 지나는 동안 변변찮은 남편 만나 자식을 위해 할 책임을 다하지 못한 회한에 젖지만 어디 그 절통함이 어머니의 탓이였을까? 피치 못할 시대의 아픔이 있었고, 가늘고 짧게 자기만의 소욕을 채우고 속히 하직한 아버지가 있었고, 욕심과 아집으로 자식의 장래를 배려하지 못한 조부가 있었으니 궁핍한 처지를 면치 못할 절묘한 삼박자가 요인이 었다고 말할 수 있다.

… 이것은 이렇고 이렇게 해야 하고… 그것은 그러니 그렇게 해야 한다…. 라고 일러 주시는 말씀은 자식이 미처 깨닫지 못한 부분이 많아 지내오면서 삶의 지침이 된다.

굴곡과 인고의 세월을 살아오면서 쌓은 경험은 생애의 철학이자 훌륭한 작품이다. 그것이 비록 지금의 시대정신과 과학적인 사고에 맞지 않을지라도 그 의중을 살피고 경히 여기지 마라 순종해야 함을 나는 안다.

어머니의 홀로된 40년의 세월은 인간적으로 외롭고 쓸쓸했으리라. 아니 지금도…. 그러나 단아한 자태를 잃지 않으시려고 노력하신다. 큰 지병도 없으시니 다행이고 늦게 귀의한 신앙을 굳게 하시고 심신을 추스르시니 80 노인을 무색케 한다.

몇 년 전 인기 광고 '나이는 숫자에 불과해'란 말처럼 많고 적음의 개념이지 늙음과 젊음의 개념으로 동일한 취급을 하는 것은 부당하다. 잠언에 "백발은 영화의 면류관이라 했고… 늙은 자의 아름다운 것은 백발"이라 했다.

지척에 계시는 어머니를 자주 뵙고 말보다 실천하는 공경과 게으르고 타성에 젖지 않는 성실함으로 섬기리라…. 그런 모습을 자식들로 하여금 산교육으로 삼아야 함도 기대해 본다.

오늘도 초저녁 안부 전화벨은 울릴 것이다.

"우짜고 있노? 별일 없제?"

"지혜로운 아들은 아비로 기쁘게 하거니와 미련한 아들은 어미의 근심이니라."

(잠언 10:1절)

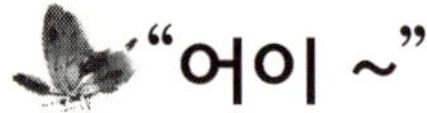 ## "어이 ~"

 

사람은 만남과 헤어짐을 반복하며 살아가고 서로 통하여 영향을 주고받는다. 한 생명도, 선택의 여지 없이 태어나 부모를 만나 인연을 맺고 양육과 성장의 과정을 거쳐 됨됨과 면면의 한 인격체로 모습을 가지게 되는데 성장환경은 한 사람의 생애를 두고 볼 때 매우 중요한 사회성을 나타내게 된다.

'세 살 버릇이 여든까지 간다.'는 의미는 원초적 체계 내의 학습 환경을 말해주는 것일 거다. 65억 인구 중 같은 사람은 없다. 쌍둥이라도 닮았을 뿐인지 다르다. 사람마다 고유한 성격과 기질을 가지고 있기 때문일 것이다. 사전은 기질을 '기력과 체질을 합한 개념으로, 사람의 몸으로 활동할 수 있는 정신과 육체의 힘인데 날 때부터 지니고 있는 생리적 성질이나 건강상의 특질'이라고 한다. 그리고 2세기에 그리스 의사인 '갈레노스'는 피, 점액, 흑담즙, 황담즙의 4가지 채 액이 균형을 이루어야 건강할 수 있다고 믿었으며 상대적으로 어떤 것이 더 우세하냐에 따라 각각 다혈질(온화하고 쾌활함), 점액질(움직임이 느리고 냉담함), 우울질(우울하고 상실에 잠

겨있음), 담즙질(빠르고 성미가 급함) 등의 기질을 나타낸다고 보았다. 〈브리테니커〉

이 이론은 1400년 동안 의학에 지대한 영향을 미쳤다고 한다. 사실 이때까지 나의 경험으로 미루어볼 때도 대충 크게 이런 성향의 기질적 소질의 사람들이 있음을 보게 된다.

그러나 '로저스'는 "현상학이론"에서 인간이란 본래 특정한 성격을 갖고 태어나는 것이 아니라 다양한 주관적 경험을 통해서 성격이 형성되는 것으로 본다. 그렇다면 환경적 영향은 유전적 요인을 발전적으로 상쇄시킨다는 말인가…?

사람은 특정한 계기를 맞으면 반추와 회심에 따른 의지의 발동으로 선한 결심으로 이어지지만, 성격과 기질에 상관없이 '작심삼일'로 대미를 이루는 경우가 허다하다. 늦게 사회과학 공부를 하게 되면서 가족관계에 따른 과목 중 담당교수가 일침을 가한 말로 적이 부끄러움을 느꼈다. "여러분은 아내의 호칭을 어떻게 하고 있습니까?" "부부간의 호칭을 야~, 자~, 혹은 자녀의 이름으로 부르진 않습니까?" "무슨 그런 경우가 있습니까? 그건 상식이 아니지요…" "만약에 그렇다면 고치세요. 다음 시간까지 올바른 부부 호칭에 대한 가정 실습을 놓고 결과를 나눌 것입니다." 나에겐 호통처럼 적잖은 부담으로 들려온다. 우리 사회의 보편 호칭이 '여보'라면 나는 몰상식한 자로 살아왔단 말인가. 결혼 후 지금까지 상식의 범주에 들지 못한 돼먹지 못한 호칭을 써왔단 말인가?

어릴 때 부모 간 대화를 별로 들어본 적이 없었다. 권위주의적 독선적 성격의 아버지 성격 탓일지 모른다. 또한, 어머니에 대한 아버지의 호칭은 내 이름으로 통했으니 그것만 보면 내 이름은 아내의 호칭이자 아들의 이름이다. 집 안팎에서 부르는 "동훈아~"소리에 어머니와 나는 동시에 뛰어나가는 촌극이 비일비재했다.

그렇게 성장한 나는 주변의 결혼 초 중년을 불문하고 부부간 '여보'라는 호칭을 귀담아듣지도 그 어떤 의미도 두질 않았다. 내 입장에서 보면 몹시 어색하기 때문이다. 아내에게 그렇게 불러보지도 않았으니 말은 고사하고 듣기도 익숙지 않다.

아내의 호칭이 '여보'라야만 하고 상식적이라면 나는 어떤 문제가 있으며 여보란 어원적 의미와 윤리적 가치는 무엇인가? 시중의 회자하는 여보(如寶)는 같을 如자와 보배 寶이며 보배와 같이 소중하고 귀중한 사람이라는 의미로, 남자가 여자를 부를 때 사용하며 또한 당신(當身)이라는 말은 마땅할 當자와 몸 身자가 따로 떨어져 있는 것 같지만 바로 내 몸과 같다는 의미이며, '당신'이란 여자가 남자를 부를 때 쓴다는 것이다.

한자음을 가져와 짜 맞춘 절묘한 어휘라 할 수 있다. 그러나 연세대 '홍 은표' 교수는 '여보'의 어원을 "여기(를) 보오"라는 의미로 '여보'의 형태로, 등장한 시기는 19세기로 보고 있다.

그 이전의 시대엔 사대부와 양반계층에서는 '부인'이라 불렀을 테고 근자에 와서는 나이 지긋한 부부 사이에 남편이 아내를 부를 때 '임자'라 부르는 것을 볼 수 있다.

나는 지금까지 아내를 "어 이 ~"라 불렀다. 이 말이 과연 어처구니없는 호칭인가? 이를 두고 비난한다면 그 근거는 무엇인가? '여기 보오'의 준말과 부르기 편한 '어 이~'의 둘 사이에는 어떤 윤리적 도덕적 가치를 내포한단 말인가? 그렇다면 내가 편한 것이 남에겐 불편함이 될 수 있고 내 상식이 남의 눈에는 몰상식으로 비칠 수 있다는 생각에 이르면 교수의 "그건 상식이 아니지요….."란 일침이 그간 나의 언행의 변화를 촉구하는 말일 수 있다. '에릭슨의 사회심리이론'을 프로이트의 중심개념으로 보면, 소년까지 포함하여 전 생애를 통하여 발달이 이루어진다고 보았으며 성격발달에서의 초기 실패는 후기에 교정될 수 있다는 희망을 제공했다. 따라서 초기 성장의 피폐한 환경이 가져다준 성격형성은 의지에 따라 삶의 변환이 가능하다는 말이 아닌가.

"너희도 각각 자기의 아내 사랑하기를 자신같이 하고 아내도 자기 남편을 존경하라" (엡 5:33)

그날 이후 오기를 내어 소위 상식이라는 아내에 대한 호칭 '여보'를 불러보기로 하고 은근슬쩍 띄운다. 느닷없는 소리에 의아해하는가 했더니 이내 박장대소한다. 36년 만에 맘먹고 부르는 호칭이고 농이 아님을 환기 시키지만 곧이듣지 않는다. 어정쩡한 반응이다. 일제강점기 36년 만의 민족해방 광복을 맞은 역사적 사건을 비유하며 36년 만에 고착화된 성격적 언어습관을 파괴하는 결단임을 부여하지만, 아내는 실감하지 않는다.

습관은 반복적 연속성을 유지할 때 가능한 것처럼 특정언어가 입에 붙어 나오기란 인식과 시간이 필요하다. '해로동혈'이라 했던가…. 남은 때의 품위를 위해 오늘도 어색한 호칭에 이은 어색한 웃음의 반응은 당분간 이어질 것 같다.

다들 그렇다 하니 '어 이~'가 '여보'로 변하는 상식이 몸에 밸 때까지 뒤늦은 수고를 날린다. "여보…."

# 손자 세대는?

농담 반 진담 반 동료끼리 얘기 중에도 정보에 뒤지면 세대차이가 난다고 핀잔을 준다. 작금의 시대 상황은 자고 나면 유행이 달라지고 문화가 바뀌는 정보의 초스피드 시대를 살고 있다. 첨단 정보기기(器機) 발달은 산업과 생활 전반에 영향을 미치므로 공부하지 않으면 조직과 대열에서 도태될 수밖에 없다.

우리는 세대를 말할 때 사전적 의미로 연령층 간을 약 30년을 두고 구분한다. 그러나 지금의 세대구분은 그 간격을 수적개념인 연수에 두지 않고 정보의 인지와 획득 능력에 따라 구분한다.

따라서 그 세대 차이는 첨단문화를 향유하는 자만이 주인공이 된다. 주목받지 못하고 낙오되면 시쳇말로 왕따 인생이 되는 것이다. 정보시대의 총아인 핸드폰은 삶의 질을 바꾸고 그 자태는 계속 진화하고 있다.

한 날은 버스를 타고 가는 중 몇 명의 남고생들이 우르르 올라와 시끌벅적하다. 이내 한 손으로 핸드폰을 잡고 문자메시지를 날린다. 양손 엄지를 이용해 문자 메시지를 주고받는 아이들을 지

칭해 '엄지 세대'라 하는데 이들은 문자판을 모두 외워 폰을 내려다 보지 않고 눌러댄다. 물론 시선은 다른 곳으로 향하고 있다. 거의 달인의 수준이다. 분당 수 십자에서 1백 자 이상 두드리며 의사소통을 한다. 대략 30세를 전후한 세대가 엄지 세대이다. 청년세대를 엄지 세대(Thumb generation)라 부른다면 네트워크 세대(Net generation)라 하여 'N세대'라는 말이 사용되고 한때 주목받던 '신세대'와 'X세대'란 말은 밀려나고 N세대가 그 자리를 차지한다. 컴퓨터와 인터넷이 그들의 일상 문화로 익숙해지고 그 이전 세대가 TV에 길들여졌다면 N세대는 미디어 문화의 영향력 아래 있다고 할 수 있다. 다만 문화 이기가 가져다준 역기능 현상에 노출되고 흔들리고 있는 많은 청소년의 환경이 문제다. 밤마다 컴퓨터 앞에서 부모 몰래 은밀한 시도를 한다.

음란물과 폭력게임, 무분별한 채팅 등으로 시간을 낭비하며 정신을 황폐화하고 있다. 첨단 매체에 노출되는 생활은 규모와 절제의 의지가 뒤따르지 못하면 세대와 남녀노소를 불문하고 삶을 피폐하게 만들 수밖에 없다.

"너희는 이 세대를 본받지 말고 오직 마음을 새롭게 하므로 변화를 받아 하나님의 선하시고 기뻐하시고 온전한 뜻이 무엇인지 분별하도록 하라." (롬 12:2)

요즈음은 '영상세대'란 신조어가 등장한다. 낮에는 컴퓨터 앞에서 밤엔 TV 화면에 심취한다. 문자세대가 좌뇌적 문화라면 영상세대는 우뇌적 문화라 할 수 있다. 사실적, 청각, 촉각 등 다매체의 영향으로 전 감각을 동원하는 세대다. 따라서 영상세대는 이성보다 감성이 발달했다고 볼 수 있다.

만 18개월 남짓한 손주 녀석에게 일격을 당한 이날은 과히 충격에 가깝다. 딸네가 친정에 다니러 와 있던 중 녀석의 부산한 움직임에 온 식구의 정신이 사납다. 옹알이 때부터 녀석이 칭얼칭얼 될 때를 달래기 위해 얼른 가까이 있는 도구가 지어미 핸드폰이었다. 녀석은 늘 상 만지며 젖을 빨았고 잠이 들기도 했다. 폴더와 화면에 익숙해지고 버튼 누르는 꼴은 신기하기까지 하다.

제멋대로 누르고 하여 가깝지 않은 사람이나 엉뚱한 곳에 전화가 걸려 당황한 일도 한두 번이 아니다. 딸의 폰이 폴더에서 터치폰으로 바뀌면서 손주 녀석의 감각 기능도 업그레이드됐다. 기기 작동이 매우 숙달되어 개념도 없이 눌러대지만, 지어미가 열어 주던 게임이나 음악 공간을 눈여겨봤는지 손쉽게 찾아 들어간다.

솔직히 나는 터치 폰의 기능을 익히기 전이기도 하지만 그날 아침 딸의 폰을 경험하기 위해 시도를 하던 중 손주 놈이 제때 옆에 와 앉는다. 사실 어디부터 눌러야 화면이 뜨는지 몰라 더듬거리고

있을 즈음에 턱밑에서 빤히 보던 녀석이 "가만있어봐~" 갑갑하고
답답하다는 듯이 순간적으로 폰을 빼앗으며 튀어나오는 말이다. 나
는 두 가지 상황을 두고 아연실색한다.

첫째, 두 살도 안 된 놈이고 '아빠' '엄마' 정도 익혀 부르며 말을
배워야 할 단계인 녀석이 '가만있어봐'란 말이 나올 수 있을까. 그다
음으로 뺏은 폰을 눌러 바로 메인화면을 열어 게임프로그램에 들어
갔다는 사실이다. 느닷없이 당하여 어이가 없고 기가 막힌다.

같은 시대를 사는 사람끼리 참 쪽 팔리는 일이 아닐 수 없다.

할배 체면이 여지없이 구겨지는 슬픈 날이었다. 옹알이 때부터 폰
을 만지며 무의식중 기능이 습득되고 또 지어미가 제어하는 소리
"가만있어봐~"를 기억했다가 또한 무의식중 할아버지를 공격한 것
이었다. 판단을 불문하고 과연 손주 세대는 어떻게 불릴까. 소프트
웨어적 개발의 속도를 손주 세대가 주도할 것이고 그 문화에 걸맞
는 다른 이름의 세대가 탄생하겠지…. 손주 놈과 세대 차이는 하늘
만큼 땅만큼~


"손자는 노인의 면류관이요 아비는 자식의 영화니라" (잠 17:6)

# 여행 가방

　짧은 기다림은 약간의 긴장과 설렘으로 일상에 긍정적 자극을 준다. 잠시 후에 만날 친구의 약속을 두고도 매무시를 하고 시간을 체크 한다. 우리는 어릴 때 소풍날을 받아 놓고 기다리며 연신 즐거워했고 전날 밤은 잠을 설쳤다. 어디 그뿐이랴. 운동회의 전날 밤이며 명절을 앞두고 기다리며 설렌 밤이 한두 번일까….

　느닷없이 떠나는 여행도 있겠지만, 계획한 여행을 앞둔 설렘의 시간은 즐겁다. 얼마의 계획된 시간 속에 일어날 미지의 일들을 상상하면 더욱 그렇다. 피로해진 일상을 내려놓고 일단 벗어나는 홀가분함이다. 그것은 얽매이지 않은 자유로운 상태로 여행을 통해 자신을 발견하고 삶에 가치를 부여함이 아닐까….

　그러나 여행이 주는 의미는 상황과 느낌, 사고하는 인식에 따라 여러 말이 가능할 것이다. 삶의 가치를 여행을 통해서 찾는 이들이 더러 있는데, 어떤 가족은 몽땅 전세금을 빼서 세계를 돌아보기 위해서 떠나 1년 만에 돌아오는 경우를 봤다. 어떤 이는 잘 다니던 직장을 그만두고 장기간 여행길에 오르기도 한다. 여행을 삶의 일부로 생각하고 의미를 찾는 자들이 많음은, 이들에게 있어서 여행은 삶의 속도를 늦추는 것이 아니라 전혀 새로운 환경을 통해 느낀 여러 모습으로 맘의 문을 열어 세상을 바라보게 되며 자신의 존재와 정체성을 찾음과 동시에 내적 풍요로움과 성장의 기회로 그 가치를 삼을 것이다.

소설가 강석경은 여행의 철학적 의미에서 '보다 높이 날려면 지금 여행을 떠나라'고 말한다. "여행은 호사가의 낭만이 아니다. 육적인 자아의 우물에서 벗어나 보다 높이 날고 싶은 자의 갈구이다. 고통을 안고 화두를 품고 방랑에 오르는 여행자들은 안락한 우리를 대신하여 체험하고 내면의 성찰을 기록으로 남긴다."

여행가 박홍진은 "여행은 삶의 수단이자 본질이다. 진정한 여행은 세상의 출구이자 입구이다. 떠나야 할 때 떠날 줄 아는 것이며 돌아올 때 돌아올 줄 아는 것이다." 라고 말하고 있다.

여행은 목적지가 어디든 자연이 주는 풍광과 기이함, 오묘함, 아름다움 또한 동시대인들의 보편적 삶의 모습을 살피며 변화와 대응에 대해 소중한 경험을 하게 되는데 그 끝은 집으로 돌아오는 것이다. 역설적으로 우리는 집을 떠나기 위해 여행을 하지만 결국은 집으로 돌아와 살기 위해서 여행을 하게 된다. 따라서 여행의 완성은 집이고 그것으로 통해 얻고 충전된 에너지가 현실에 적용될 때 진정한 여행이 될 것이다.

옛적 사람들의 여행길은 단봇짐을 둘러매고 떠나는 단출한 것이었다면 작금의 여행 가방은 복잡 다양해진 사회생활 현상과 맞물려 채울 것이 무엇이 많은지 이래저래 비집고 나와 터질 만큼 채워 지퍼가 제대로 올라가지 않는다. 시중에는 가방의 용도와 규모에 따라 다양한 제품이 있는데 실용과 편리함을 두루 갖춘 여행 가방이라면 밑 부분에 롤러 바퀴가 달린 도톰한 직사각형의 하드 케이스일 것이다. 무게에 상관없이 손잡이를 빼 올려 밀고 끌고 하며 편리하게 이동할 수 있다. 생각하기로 본격적인 여행을 위해선 그것이 필요하다고 느낀 순간 지체 없이 구입하여 용의주도해야 한다고 믿었다. 여행을 좋아하지만, 딱히 즐기지 못한 주재에 오래된 폴리에스텔 천 가방을 외면하고 계획과 규모 있는 여행을 꿈꾸며 큰 맘 먹고 트렁크를 바꾸었다. 주문한 가방이 배달되어 포장을 뜯으니 당장에라도 여행을 떠날 것 같은 착각에 기분이 달뜬다. 많은 용품을 채울 수 있을 정도의 공간이 떡하니 열린다. 근사하다. 이 트렁크가 품위 있는 여행을 보장해 줄 것이고 적어도 수 십일은 즐길 내용물을 채워 떠날 수 있을 것 같다.

먼 나라를 여행 차 출입하며 공항 로비를 들락거릴 때 끌기엔 더 없이 좋은 분위기를 연출하고 남겠다. 명절 때 새 옷을 사 입고 마냥 좋아하는 아이처럼 트렁크에 맘이 뺏긴다. 빈 트렁크를 잡아끌며 거실을 길이대로 왕복하며 여행을 생각한다.

마누라는 "어느 천 년에 길 들이라꼬?" 희박한 가능성에 일침을 가한다. 마침내 트렁크는 비닐 커버에 쌓여 작은방 장롱 위에 자리하고 몇 달 며칠을 내려다보고 있다. 바람 쐴 날을 기다리며 갑갑해하며 개시할 날을 기다리는 것 같다. 작은방을 들어갈 때마다 힐끗 쳐다보며 책망과 변명이 섞인 푸념을 내뱉는다. "말이 그렇지 여행이 어디 맘먹는 대로 그리 쉽게 떠나지는가…."

어느 무더운 날 대구에 사는 사위의 방문 요청을 받고 거두절미 사양치 않고 올라가겠노라고 응답한다. 드디어 하드케이스 트렁크가 빛을 보는 날이 온 것이다. 본격 여행은 아닐지라도 기분은 내야 한다. 하지만 1박 2일 예정이고 두세 시간 거리인지라 막상 트렁크에 채울 물건이 없다.

가볍고 뻘쭉한 꼴이지만 집 문을 나서 차에 올리는 과정은 남 보기에 제법 품위가 유지되는 것 같았다.

대구에 도착하여 사위 집 문을 들어서는 순간 딸은 배를 잡고 웃는다. "아빠 이거 어디에 쓰는 물건이예요?" "우째 이런 가방을 들고…." 용도를 모르는 딸이 아니다. 나들이 수준에 맞지 않게 생뚱맞은 트렁크가 들어오니 황당하고 우스꽝스러웠을 것이다. 나는 속으로 대꾸한다. "남의 속도 모르고…."

이틀을 묵고 딸의 집을 나섰다. 하드 케이스 트렁크는 이렇게 첫 나들이를 하고 집으로 돌아오는 차에 올려 진다. 딸 사위는 아무런

맘의 동요 없이 조심해 잘 내려가라는 배웅의 말로 인사를 내민다.
내심 섭섭한 감정이 비집고 나온다. 나는 딸 사위 놈이 가방을 실
을 때 "다음에 이 트렁크에 어울리는 여행을 보내 드리겠습니다."라
는 말이 나올 걸 은근히 기다렸는데 한여름 밤 꿈도 야무진 해프닝
으로 끝나고 말았다.

지금도 여전히 비닐 커버를 둘러쓴 트렁크는 작은방 장롱 위에
서 내려다보며 좁은 방을 벗어나고 싶다고…. 넓은 세상으로 나가
고 싶다고…. 절규하는 듯하다. '참 우째 이런 개념 없는 주인을 만
났을꼬!!'

# 계(契)에 얽힌 이야기

1970년 초에 월남 전쟁터에서 귀국한 1년 후쯤 제대를 하고 중반에 결혼했다. 어릴 때부터 음악적인 감각이 있었으나 배울 기회나 환경이 안 되었는데 장년이 되고 제대 후 가진 일터가 마침 시내였고 광복동에 부산 최초로 고급설비를 갖춘 프리마 음악학원이 생겨 차제에 피아노를 배우기로 결심하고 조금은 쑥스러운 나이에 도전이지만 열심히 임했다.

당돌하고 주제넘지만 처음 대하는 담당 피아노 선생님을 보는 순간 내 여자로 만들어야겠다는 생각과 이 여자와 결혼할 수 만 있었으면 좋겠다는 막연한 욕심이 발동한다. 물론 연애감정이 남달랐던 탓도 있겠지만 한번 필이 꽂히니 눈비 바람을 불문하고 수개월을 출입하며 가슴을 태웠다. 시내 중심지에 음악학원 강사를 넘보며 욕심을 내는 것은 가당찮은 일이다. 하지만 생각은 구체적이고 계획적인 의도로 발전하게 된다.

조용하고 현숙한 이미지는 내 성격에 딱 맞는 타입이다. 레슨 도중 건반 자리 교정을 위해 손가락을 붙잡아 옮길 땐 오금을 못 쓰고 스파크가 일어나기도 했다. 남정네의 본능적인 추파에 교감의 신호로 이어지는 설레는 마음은 밤잠을 설쳤고 남이 채어 갈까 두려운 나머지 우리는 일 년쯤 지난 어느 날 백년가약을 맺는다. 그해 11월 중순 결혼식 날은 예년과 달리 세찬 칼바람이 몰아치고 냉기가 살을 파고든다. 힘든 신혼을 예고할 요량인지 매섭고 유난하여 지금도 매년 결혼기념일이 되면 그때 날씨를 떠올린다.

어려운 시절이었기에 피차 가진 것도 준비된 것도 없이 인생의 항로에 들어선 것이다. 우리는 가지고 있는 달란트를 삶의 현장에 투입하게 되지만 세상 경험이 일천한지라 이런저런 시련이 꼬리를 물고 압박으로 짓누른다. 너무나 미약했지만, 신앙의 힘이 삶을 지탱하게 했고 하나님은 때를 따라 피할 길을 내시고 환경개척을 위한 지혜를 주시므로 일찌감치 음악을 가르치는 일을 업으로 삼아 교습소를 거쳐 학원을 경영하게 된다.

무슨 일이나 사업에는 설비투자를 하게 되고 장사를 포함한 교육서비스도 몫이 좋아야 한다. 적당한 장소와 공간이 있어야 하고 가진 돈에 맞아야 하니 모든 상황이 만만찮다. 와중에 우리는 목돈이 절실했고 때마침 셋집 주인이 계주라며 계원이 되기를 요청한다. 그리고 약간의 설명과 절차를 따르게 한 후 얼마를 지나 규모 있는 목돈을 건넨다. 다급한 설비와 확장에 투자할 수 있게 되니 처음 경험하는 경제수단의 체계를 신기하게 여겼다.

대개 사람들은 일의 급한 상황을 모면하기 위해 수단과 방법을 강구한다. '우선 곶감이 달다.' 우선 해결은 뒤에 따라오는 부담까지 생각이 미치지 못한다. 먼저 타 먹는 현금곗돈의 짜릿한 쾌감도 바로 한 달 뒤부터 독촉과 압박적인 처지로 내몰린다. 한 달은 돌아서는 순간 눈앞에 와있다. 부담이 크고 수입에서 곗돈 맞추는 일이 일 순위다.

현금계의 속성을 자세히 알기는 시간이 흐른 후였다. 앞번호를 타면 이자를 많이 부어야 하는데 우리는 늘 상 앞번호를 선호할 수밖에 없었으니 갔다 부은 이자만 해도 억울할 정도다. 뒷번호를 타면 계주가 펑크를 내지 않는 한 은행금리보다 더 높은 이자를 받아 은행에 적금 드는 것보다 훨씬 경제적 이득이 높다. 따라서 앞번호는 사업상 혹은 급전에 필요한 사람들이 선호하는데 단지 담보 없이 목돈을 만질 수 있다는 것이다. 뒷번호는 종잣돈 만들 사람이 여유 있게 기다리며 이자를 챙기는 경우라 할 것이다. 이렇게 새내기 우리 부부의 시작은 현금 계와 씨름하며 수년의 세월을 보냈다.

대학보고서에 의하면 계의 시작은 삼한시대부터이고 특히 변한에서 발달하였다. 이 역사적 배경을 가지고 있는 계는 오늘날까지도 지역사회의 공통된 이해를 가진 사람들이 지역적 혈연적 상호협동조직으로 뿌리를 내리고 있다. 따라서 규모 있는 계는 회칙을

두고 규정을 따르며 여행, 레저, 회식, 길흉사 부조 등등 회의 목적
에 따라 공동 갹출하여 관리하며 주목적은 회원 간의 친목과 부조
기능이라 할 수 있다.

지금 아내는 동창들이 모이는 계에 한 달을 주기로 출입을 한다.
통영출신으로 부산에 사는 동기들이 서로 수소문하여 찾고 모여
의기투합한 스무 여남은 명이다. 이들은 자연스럽게 계를 조직하고
갹출하며 얼마를 관리한 후, 단지 자녀의 시집 장가가는 부조금으
로 활용하는 전형적인 똑순이들로 보기 드문 계 꾼들이다. 덕택에
두 딸의 결혼식도 도움을 받았으니 실용적인 조직임이 틀림없다.
　지난달 계 모임을 다녀온 아내는 푸념 조의 말을 흘린다.
　"애들이 다음 달에 중국여행을 가기로 했다네요…."
　"그래? 우째 그런 일이…."
　세월의 무상함을 느낀 건가, 여유가 생긴 건가…. 계가 십여 년
이 지나면서 혹을 하나 둘 떼어내고 나니 계의 성격이 바뀌기 시작
한다. 이 또한 자연스럽고 예측 가능한 일이다. 하지만 아내의 푸념
은 아쉬움을 넘은 원망이 서려 있다.
　이십 대 초반에 금전계의 도움으로 시작한 음악학원 일을 지금
까지도 손 놓지 못하고 매여 있고, 동창 계로 시작한 중년의 여유로
울 법한 일상에도 끼이지 못하는 아내의 형편…, 여행을 위한 시간

을 누가 대신해줄 사람이 없기 때문이다. 호구지책은 아닐지라도 삶을 관조하며 자기실현을 위한 일은 귀한 것이다. 어린싹들을 돌보며 힘닿는 데까지 가르치는 일은 건강이 허락하는 날까지 해도 될 가치 있는 일이기 때문이다. 그러나 아내는 지금껏 자기만을 위한 일에 틈이 없었던 것이다. 거두절미하고 남편으로서 민망하기 짝이 없다. 그리고 참 미안하다. 우리의 삶 속에 깊이 뿌리내린 게, 그 속에 희로애락이 응축되고 용해되는 철학과 미학이 있다.

한평생 살면서 사람들은 어떤 개기가 전환점이 되어 인생의 그래프에 확연한 포물선을 남긴다. 그 누구도 피해 갈 수 없는 상하 곡선이다. 불원의 하향 선을 그리고 있다면 지향점은 상향 곡선이 되어야 한다. 인생은 연습이 없으니 한순간, 순간 최선의 삶을 놓지 말아야 한다. 희망이 있다면….

#  빨래 널기 폴딱

 

생애 마지막이라 생각하고 이사한 곳이 산 밑 조용하고 공기 맑은 아파트다. 도시의 잡다한 소리와 차바퀴의 아스팔트 접지 소음과 먼지 등을 피할 수 있게 되어 다행스럽다. 더 다행한 것은 맨 꼭대기 층이라 절간 같고 층간 울림으로 인한 소음을 피할 수 있어 선천적으로 소리에 민감하고 예민하게 반응하는 나로서는 스트레스 받을 일이 없어 더없는 만족이다.

베란다에서 내려다보면 산으로 오르는 길목 입구와 아파트 앞 좁은 길이 같은 길이라 오르내리는 등산객의 담소가 베란다까지 올라온다. 나이 지긋한 어르신들이 생수를 받아 담은 바퀴 달린 철재 바구니 구르는 소리는 온종일 이어진다. 산 중턱에 약수터가 있는데 두 달에 한 번 꼴 수질 검사를 하고 검사표를 게시판에 붙여 놓아 주민들이 안심하고 이용한다. 산에 오를 때마다 약수터를 지나면 페트 물병이 차례를 기다리며 일렬종대로 한참 이어진다. 약수란 원래 콸콸거리며 나오질 않는다. 금세 받을 수 있는 물줄기라면 그건 약수가 아니다. 빗물이 땅속 깊이 스며들어 걸러지고 산식물의 좋은 성분과 미네랄을 함유하고 쫄쫄거리며 나오기 때문에 약수고 귀하게 여겨 오랜 시간을 기다려 병 아귀를 채운다.

약수터를 찾는 사람들은 일거양득의 재미를 알고 있다. 산에 오르내리는 동안 운동이 되고 생수까지 받아가니 말이다. 필자는 운동을 위해 산에 오른다. 산타는 마니아 수준이 못되니 먼 산은 못 오르지만 옆댕이 야산은 수월하여 자주 오르는데 지자체에서 설치한 몇 종의 운동기구도 있어 이용할 수 있으니 건강을 챙기려는 맘과 의지만 있으면 굳이 헬스장을 찾지 않아도 될 성싶다.

건강을 챙길 수 있는 최적의 환경이 주어졌지만 우리 부부는 함께 산에 오르기가 쉽지 않다. 아내는 움직임을 싫어한다. 물론 적극적인 성격도 아니지만 어쩌다 맘 내키지만, 일회성으로 끝이다. 운동도 부지런해야 할 수 있고 의지가 있어야 한다. 운동이란 몸에 부하를 거는 것이니 어느 정도 고통이나 인내를 동반해야 하는 본질이 있다. 따라서 누구든 게으르고 소심한 성격은 지속적인 신체 단련은 엄두가 나지 않는 법이다.


우리나라 국민운동 실태조사에 의하면 1주일 동안 운동하는 사람의 비율은 경중(輕重) 운동을 포함하여 평균 16% 수준으로 나타났다. 미국의 평균 28%에 비해 상당히 적다. 더 규칙적인 운동이 필요한 고혈압, 당뇨, 고지혈증, 대사증후군이 있는 만성 질환자들이 그렇지 않은 사람들보다도 규칙적인 운동 실천율이 저조한 것으로 나타났다. 따라서 시중에는 규칙적인 운동 활성화를 위해 7330, 533이라는 표어가 알려졌는데 즉, 1주일에 3일 30분 혹은 1주일에 5일 30분 이상 걷기로 운동을 장려하고 있다.

타이페이 국립 보건연구소 웬지방(chi fan wen)박사가 Lancet에 발표하기를 하루에 15분 정도만 운동해도 전혀 하지 않는 사람에 비해 사망 위험이 14%로 낮아지고 평균 잔존 수명도 3년 연장된다고 말하고 있다.

운동하면 얻을 수 있는 일반적인 효과가 있는데 신체의 각 장기에 자극을 주므로 대사를 촉진하여 병을 예방할 수 있다. 스트레스를 풀 수 있고 자신감을 획득할 수 있다. 자기 키에 맞는 체중을 유지하며 보기 좋은 몸매를 만들 수 있다. 또한, 뇌가 활발해져 공부에 도움이 되고 소화흡수 능력을 증진시킨다.


아내의 정기 건강 검진결과 통지를 보니 운동량 절대 부족이라는 경고가 눈에 띤다. 운동을 싫어하는 아내를 더는 닦달하고 싶지 않다. 무슨 일이든 스스로 할 의지가 없으면 지속성이 없고 효과 또한 기대할 수 없음이다. 산 밑에 사니 맑은 공기를 마실 수 있어 숨쉬기 운동은 열심히 하니 그나마 다행이라 해야 하는지 모르겠다. 동식물의 생태 순환과 달리 인간은 삶의 영역에서 그 주어진 환경과 노력 여하에 따라 건강하고 쾌적한 수명을 이어갈 수 있다. 인명은 제천이라 하늘이 정한 것이라 하지만 죽는 날까지 질병에 시달리는 시간을 피할 수 있지 않을까….

유전적이고 선천적인 질병은 그렇다 치더라도 현대인의 질병은 오염된 제 환경과 인간성 상실로 인한 관계 부적응 스트레스, 무질서, 무절제한 생활습관에서 얻는 병이 많을 것이다. 정신이 황폐한 사람은 건강한 신체를 유지할 수 없다. 건강이란 영육이 균형을 이룰 때 비로소 얻을 수 있다.

"사랑하는 자여 네 영혼이 잘됨 같이 네가 범사에 잘되고 강건하기를 간구하노라" (요한삼서 2절)


베란다에서 아내가 얼쩡거리고 있다. 무심코 안방에서 밖을 내다보는데 마침 아내는 빨래를 널고 있는 중이다. 그런데 플라스틱 신발을 톡탁거리며 베란다 공간을 울린다. 빨래 널 대가 높이 걸려 있어 키가 모자라니 빨래를 걸기 위해 뛰어올라야 했다.

평소에 움직임이 적고 운동을 싫어하는 아내가 몇 차례 뛴 것이다. 뛰었으니 분명 운동이다. 빨래를 널고 거실로 들어오는 아내에게 "당신 운동했네." "무슨 말이에요~" "아니 빨래 넌다고 폴딱 뛰면서 운동했잖아~" "운동이요~ ? 호호 아이구 우스워 죽겠네…." 마누라의 뛰는 모습을 본 기억이 별로 없다. 그런데 오늘은 베란다에서 폴딱 뛰었으니 운동을 한 셈이다.

누구에게나 운동의 효과는 있게 마련이고 누리는 자는 자기를 사랑하는 자들이다. 영육을 잘 보전하는 것은 하나님의 뜻이다. 우리나라 사람들은 인사나 안부에 딱지처럼 붙는 말이 있으니 '건강하십니까?' '건강하세요~' 이다. 건강은 젊으나 늙으나 힘써 지켜야 할 공부며 숙제다. 소홀히 하고 게으르면 얻을 수 있는 것은 없다. 다 잃을 수밖에 없다. 건강한 육체에 건강한 정신이라는 말이 있지만 실은 건강한 영혼이 될 때 그 담는 그릇도 온전해지는 법이다.

"육체의 연단은 약간의 유익이 있으나 경건은 범사에 유익하니 금생과 내생에 약속이 있느니라" (딤전 4:8)

# 오페라 격세지감

옛날에는 한 식구가 7, 8명이 보통이었다. 생활환경은 열악했지만, 딱히 출산을 멈출 방법도 마뜩잖고 생기는 대로 낳았다. 그러다 보니 한 집에 한두 명쯤은 질병으로 잃어버리고 명(命)긴 자만이 살아남았다. 지금은 한두 명 낳고도 양육문제로 출산을 꺼리는 사회의 정서로서는 도무지 이해가 안 되는 시절이었다.

물론 경제 상황은 피폐하기 짝이 없었으나 사회적인 합의도 아닌 회자하는 말은 '사람이 재 먹을 밥그릇은 가지고 태어난다.'라는 말로 위로하며 막연한 기대와 희망을 품고 살았다. 인간이 이 땅에 올 때는 천하보다 귀한 생명으로 태어나지만, 환경을 따라 그 존엄성은 훼손되고 가치를 잃는다. 부모와 사회를 잘 만나야겠고 좋은 나라에 태어나는 것은 더 큰 복이다. 그러나 그 최적의 환경과 조건을 모르고 선택의 여지 없이 태어날 수밖에 없는 것이 탄생의 아이러니다.

존엄하고 귀한 생명은 조물주의 섭리며 이 땅에서 가치 있게 살아가야 할 존재들이다. 인간으로 가정과 사회의 일원으로 제 몫을 다하는 구성원이 됨을 말한다. 따라서 사람은 자기의 역할을 할 때 존재가치가 있다. 그 가치는 다양하게 적용되고 이해되어야 하는데 사람마다 특성과 소질을 가지고 있으며 그것을 적절히 집중하여 개발하고 성취할 때 분야를 따라 사회는 규모와 질서를 쫓아 움직인다. '일인일기(一人一技)'는 사람마다 한 가지 기술을 가지는 일을 말하는데 저마다 가지고 태어난 적성과 소질을 발견하고 훈련하며 장려해야 한다.

한 사람이 모든 것을 다 잘할 수 없음은 두 말이 불요하듯 적실과 한계를 알아 교육되어야 할 것이다. 필자가 출입하는 학교의 본관 문설주에 이런 문구가 있다. '남보다 다르게 잘하는 사람이 되자' 이는 각자가 가진 소질과 개성이 있음을 말함이다.

작금의 부모들 자녀교육은 무분별하고 과도하다. 부모 스스로 두뇌와 학습능력을 망각한 채 자식은 공부를 잘해야만 되고 또한 잘할 것으로 믿는 우둔함과 보상심리 적 착각에 빠지고 있는 것이다. 따라서 자녀의 소질과 개성은 뒷전이고 학과 공부만 잘하여 또래 집단에서 두각을 나타내고 좋은 대학에 가야만 직성이 풀리는 막무가내 교육철학과 거기에 쏟아 붓는 경제적 비용으로 인해 이 사회는 무개념 무개성으로 절단이 나고 있다.

차제에 필자는 격동의 시기에 태어나 양질의 교육과 관심을 받지 못하였으나 외가의 음악적 재능을 타고난 덕에 그 소질을 근저

하여 지금껏 콩나물 대가리를 세고 또한 음악 목사로 사명이 다할 때 까지 그렇게 살 것 같다.

2011년 해가 저무는 즈음에 막역지우로부터 이메일을 받았다. 내용인즉 마침 오페라 공연티켓이 있으니 서울로 올 수 있겠느냐는 소식을 겸한 초청이었다. 자다가 벌떡 일어날 희소식이고 신 나는 사건이다. 한기는 코흘리게 고추 친구로 지금까지 서울, 부산 멀리 떨어져 살지만, 여전히 신앙으로 맺어진 사이고 서로를 위해 기도하며 아낀다.

그는 불우한 환경을 딛고 꿈과 의지를 갖추고 한 분야에 일가를 이룬 경영인으로 거듭 났다. '엠버서드 서울그랜드호텔' CEO로 사회에 기여하는 인물이 됐다. 자랑스러운 친구이며 성실하고 변함이 없는 한 인간으로서 진국이다.

앞뒤 생각을 여지도 없니 답하여 올라가겠노라고…. 며칠 여유를 두고 있지만 가벼운 흥분이 일고 기분 좋은 기대감이 마치 어릴 때 소풍 전날 밤에 잠 못 이루는 철부지가 된 느낌이다. 구포역이 학교와 가까워 예매하고 수업을 서둘러 끝내고 열차에 오른다. 이 나이에 혼자 출입하는 것이 미안했지만, 아내는 기꺼이 다녀오기를 주저하지 않아 맘이 편했다.

오후 7시 반 공연이지만 서울의 교통 상황이 만만치 않아 6시에는 공연장으로 출발해야 한다고 친구는 누누이 얘기한다. KTX는 6시가 조금 지나 도착했고 이내 택시를 잡았지만, 러시아워에 걸려 친구 호텔까지는 엄청나게 많은 시간이 흐르는 것 같다. 얼마 후 호텔문 앞에서 기다리는 친구를 만나 대기 중인 차에 오른다. 숨 돌릴 틈이 없다. 무슨 첩보 작전의 한 장면이 연출되는 기분이다. 전속 기사는 순발력 있게 호텔을 빠져 나가며 공연장으로 향하지만 채증으로 더디다. 그러나 공연보다 반가운 친구와 옆자리를 하고 있으니 맘이 푸근하다. 친구는 늦을 줄 알고 미리 호텔 식당에서 준비한 간이식 샌드위치와 종이컵의 커피를 내어 놓는다. 시간이 없으니 이렇게 저녁 식사를 대신하자는 배려가 고맙다.

예술의 전당 오페라 전용관은 지방에서 볼 수 없는 위용이 있어 의기소침해진다. 친구는 CEO고 공연 팀과의 스폰서 계약으로 VIP석을 배정받아 덕분에 한 장에 35만 원이나 하는 오페라를 보게 되는 횡재를 하게 됐다.


필자는 부산에서 최초의 오페라 공연인 도니제티의 '사랑의 묘약'을 1969년에 오페라의 병사 역 합창 팀으로 공연했던 전력이 있다. 따라서 여타 음악공연 중에서도 오페라에 관심이 많다.

오페라는 다양, 다채한 종합예술이다. 음악적 요소는 물론이고 문학적, 대사를 필요로 하는 시적, 극으로서의 구성, 연기해야 하는 연극적 요소, 무대장치, 의상 등의 미술적 요소, 무용적 요소 등으로 구성되어 매력이 크고 연출 또한 까다롭고 어렵다.

부산에서도 일 년에 두어 차례 오페라 공연이 있지만, 관심만큼의 참여는 못하는 실정이다. 긴장하고 기다리는 무대는 오케스트라의 서막 연주로부터 열린다. 무대장치와 게스트들의 호화로움에 기가 질린다. 무대 전면 상당 부의 가로 크기의 자막 나열은 친절하고 원어로 부르는 노래와 대사를 게스트들의 움직임과 바로 매칭 할 수 있어 편리하다.

필자가 40년 전에 공연했던 때와는 비교할 수 없는 격세지감을 목도하고 있다. 주인공들의 외국인 성악가로 기획은 프로그램이 더 고급스러웠고 또한 역량이 걸맞았다. 공연이 끝나고 호텔로 돌아온 시간은 11시가 훨씬 지났고 자정이 가까워지고 있다. 친구는 호텔 방까지 잡아 준다. 특급호텔이라 객실도 아름답고 잘 정돈되고 아름다웠지만 독수공방하게 되니 많이 아깝고 마누라와 함께하지 못한 아쉬움이 컸다.

한 해를 마무리할 즈음에 멋진 선물로 오감을 만족케 한 친구 또한 멋지고 고맙다.


"많은 친구를 얻는 자는 해를 당하게 되거니와 어떤 친구는 형제보다 친밀하니라" (잠언 19:24)

# 저자를 가다

시대 변화의 흐름은 삶의 양식과 질서를 바꿔 놓고 문화를 재구성한다. 우리의 전통적 가치관은 급속한 산업과 정보화 사회를 지나면서 가족관계의 해체로 인해 핵가족이 주류를 이루고 전통생활 방식은 많은 변화를 가져왔다.

여성의 지위향상이 양성평등의 풍토가 뿌리를 내리면서 성역할의 경계도 희미해지고 전통적으로 남성의 직업 전유였던 부문까지 여성이 진출하니 직업전선에 성의 구별은 없다. 따라서 여성의 고유한 부문에는 남성이 기웃거리며 간신히 자리를 잡는 일도 더러 있다.

여성호르몬의 과다 분비나 환경호르몬 등으로 남성이 외형적으로나 내면적으로 여성의 특징을 가지면서 목소리가 가늘어지고 체형이 왜소해지며 피부에도 변화가 일어나 여성화되어 간다. 인위적인 방법을 찾지 않고는 어쩔 수 없는 노릇이다.

복잡다단한 사회 환경적 요인은 전통적으로 여성이 맡아오던 역할을 남성이 맡는 경우가 비일비재하다. 또한, 이혼의 증가와 기러기 아빠, 젊은 싱글족 등이 지금도 대형마트 진열대를 왕래하며 좌

우를 살피고 손에 익은 듯 가트에 유유히 물건을 담아 나오는 꼴은 눈에 익은 장면이다.

남의 얘기가 아니라 나도 장 보러 저자에 간다. 처음 몇 년 전에는 주위를 의식하며 눈치를 살피고 주춤거렸지만, 이제는 길이 났다. 마트에서 가트를 밀고 다니는 남정네를 보면 지지리 궁상을 떠는 걸로 보였다. 다른 이들도 나를 그렇게 보았을 것이다. 옆에 붙어 따르는 여자가 없을 땐 더욱 그렇다.

"지혜로운 여인은 자기 집을 세우되 미련한 여인은 자기 손으로 그것을 허느니라"(잠 14:1)

대형마트에는 가트를 비롯한 편리한 도구들이 쇼핑을 도와준다. 장 볼 물건들이 질서정연하게 진열되어 필요에 따라 여유롭게 담을 수 있고 최소한의 품위가 있다. 계산을 끝내고 물건을 담을 봉지는 흰색에 크다. 그러나 십중팔구 사람냄새와 덤으로 저렴한 야채는 난장이 딱이다. 재래시장 난장을 찾으면 물건 담은 봉투부터 차별화된 검은 봉지를 들어야 한다.

사실 재래 난장을 둘러 검은 봉지를 들고 다니는 꼴은 초라하고 남자의 체면과 위신이 안 서는 것 같기도 하다. 더욱이 오후 장 볼 시간쯤이면 장사꾼 말고는 대부분이 주부들이다.

사회의 인식이 많이 바뀌었지만, 아직도 일부 아줌마들은 틈새에 끼인 남정네를 힐끗거린다. 그렇지만 본체만체 물건을 흥정하고 승강이를 벌리고 나면 몇 가지 검은 봉지가 건네진다. 장 보는 일이 마지못해 하는 것이 아니라 일상으로 자리 잡은 지 오래다. 언제부터인가 자발적이고 재미가 붙었으니 마누라의 요구가 아님은 틀림없다. 단지 퇴근 시간이 아내보다 빠른 것이 죄다. 아내도 하는 일이 있고 여유롭게 장 볼 시간이 별로 없기도 하여 어떤 주말에는 함께 나서지만, 오히려 부자연스럽고 걸린다. 혼자 보는 장에 익숙해졌기 때문이다.

양손에는 검은 비닐봉지가 겹겹이 매달려 대롱거린다. 시장 아주머니가 단골로 알아보고부터는 농담이 절로 나온다. "아저씨 아줌마는 남편이 장을 봐주니 참 좋겠네요…" 반사적으로 대꾸한다. "심부름 안하면 밥을 못 얻어 먹습니다…" '엄처시하'의 푸념은 아니라고 웃어 버리고 장터를 벗어나지만, 한쪽 맘 구석은 꺼림 직하다.

장을 보는 것으로 끝이 아니라 집에 오면 곧장 음식 만들기로 돌입하니 충실하고 놀랍지 않은가. 체질적으로 요리에 관심이 많아 시행착오를 거듭하면서 지금은 식구들의 구미에 일조하고 있으니까 말이다.

# 내 안의 매미

# 사명의 길을 생각하며

# 새벽기도 길

　같은 현상을 놓고도 관점과 가치를 달리함으로 미학적 방향은 달라질 수 있다. 모든 악기가 총동원된 4관 편성의 웅장한 교향악단의 울림은 심장을 뛰게 한다. 연주회장의 로열박스에 앉았다면 그 감동은 더 할 것이다. 그러나 교향악에 대한 이해와 조예가 부족한 사람이라면 심한 소음으로 들릴 수 있다. 나의 경우이긴 하지만 연주곡이 현대의 무조음악이라면 생각이 복잡해지며 신경이 곤두서고 소음성 장애로 느껴진다. 현대의 시대상황을 표현하는 음악이지만 불협화음과 부조화는 생리상 받아들이기 어려우니 어쩔 수 없다. 단순한 악기지만 리코더와 오카리나 독주는 대규모 교향악에서 느낄 수 없는 상쾌하고 호젓한 기분을 모두가 느낄 수 있을 것이다.

　순수음악도 그러하지만, 대중음악의 전자 기계음이 한계를 넘는 음향 데시벨로 청취를 강요당한다면 생각은 달라진다. 다행인지는 모르겠으나 요즈음 기계 전자의 소음적 음향에 질린 사람들이 70~80년대 유행했던 순수 통기타음악으로 회귀하는 분위기가 매스 컴 입방아에 오르내린다. 음악적 표현이라는 같은 상황을 놓고 한편은 소음장애로 다른 한편은 당연한 필요로 인식한다.

사람마다 기질이나 성격에 따라 선호하는 안목이 있는데 나는 단순 심플 순수한 것에 관심이 많다. 그 때문에 옷도, 입는 스타일도, 컬러도, 타고 다니는 차의 디자인도, 오감을 통해 취할 수 있는 모든 장르에서 그렇다. 마누라도 순수하고 착해서 점찍어 지금까지 잘살고 있다.

이사를 몇 차례 하는 동안 인근에 산이 있었고 지금의 사는 곳도 아파트 문을 열면 바로 산이다. 자연과 매우 친한 환경이다. 몇 년 전 새벽기도 길에 들었던 휘파람 같기도 녹슨 쇳소리 같기도 한 제법 긴 여운의 소리에 신경이 집중된 일이 있었으나 계절이 바뀌면서 의문만 남긴 채 한동안 무심했다. 그 이후로도 새벽기도 길을 계속 걸었는데 오늘 아침에 그 잊어버렸던 휘파람 소리가 새벽기도 길을 따라온다.

"기도를 계속하고 기도에 감사함으로 깨어 있으라" (골 4:2)

"히이~ 호오~"의 오묘한 소리는 분명 년 중 그리 길지 않는 동안만 들은 기억이 있다. 어렴풋이 소리의 발원지는 움직이고 있기에 새 임을 직감했으나 확실한 증거를 찾지 못한 답답함에 인터넷을 검색하기에 이른다.

'호랑지빠귀'라는 새다. 일명 '귀신' 새라고도 하고 참새목 딱샛과에 속하는 27cm 정도 중형의 집비둘기보다 작은 여름 철새임을 알아냈다. 이 새의 소리는 누가 들어도 슬픈 듯 애잔하다. 휘파람 같은 소리를 내면 먼 곳에서 응답하는 소리가 들려오는데 처음에는 이 새가 나를 따라오는 줄 알았고 기분이 묘했으나 새들은 그들만의 소통이며 짝을 부르는 대화다.

어린 시절 동네 뒷산이나 인근 야산에는 공동묘지가 있었고 으레 귀신이야기가 등장한다. 사실상 밤이면 귀신 소리를 듣는 사람이 많았다. 너도나도 간밤의 체험을 말하니 영락없이 귀신이 나타났을 것이다. 해가 지면 불빛이 없는 마실 다니는 길은 일종의 모험이었다.

어른들이나 군대의 야간 근무병들은 분명 귀신소리 "히이~"를 들었기에 귀신소리와 비슷하다 하여 '귀신 새'라 부른다. 해가 지거나 뜨기 전 새벽녘에 짝을 찾는 소리가 음산하기도 하다.

그 묘한 소리가 새의 소리로 밝혀지기까지 사람들은 머리꼭지가 쭈뼛한 일이 많았고 어릴 때는 그대로 믿고 자랐기에 귀신은 "히이~"하며 나타나는 줄 알았다.

얼마 전까지만 해도 뭘 몰라 귀신소리로 들은 사람들이 제보해 SBS 방송 '세상에 이런 일이' 제작팀이 새 전문가를 등장시켜 호랑지빠귀로 밝힌 웃지 못할 일이 있었다. 단순한 호기심의 발로라면 그것은 새소리가 아닌 음습한 두려움일 것이고 새의 소리로 음미하며 듣는 사람은 단순 청아한 순수소리의 미학적 체험을 경험할 것이다.

도종환은 호랑지빠귀라는 시에서 '노래를 버리고 울음도 버려 더욱 청아해진다… 중략 … 몸의 것들을 다 버린 소리의 영혼인 것도 같은….' 시인은 호랑지빠귀의 순미한 소리에 의미를 둔다.


인간의 복잡다단한 삶은 얼기고 설키며 시기 질투 분쟁 아귀다툼으로 순수성을 잃어 간다. 시인이 부패한 인간의 겉치레를 벗어 버리고 맑은 영혼을 갈구하는 것처럼 호랑지빠귀 새소리는 인간의 순수성 회복을 끊임없이 목 놓아 요청하는지 모른다.

아집과 이기와 배타와 혼합에서 기교를 배제한 단순 청아함으로 돌아오기를 바라며 인간의 새벽을 깨운다. 오늘도 아직 열리지 않은 어둠이 있는 새벽기도의 길을 가면서 순수하고 애잔한 피치의 가냘픈 소리를 반긴다. 어쩌면 기도하기를 원하는 제목을 그 순수하고 단순한 소리에서 찾아야 할지 모른다. 맘속에 불순함이 도사리고 있다면, 기도가 욕심에 기인한다면 저 호랑지빠귀의 순수하고 단순함을 배워야 하며 자신을 비워 단순한 삶과 일치함을 요청하는 소리에 귀를 기울여야 할지 모른다.


"육체의 연단은 약간의 유익이 있으나 경건은 범사에 유익하니 금생과 내생에 약속이 있느니라" 딤전 4:8

 # 가르친다는 것

　'첼로의 성자'로 불리는 파블로 카잘스는 우리나라 나이로 97세까지 살았다. 80세에 20살 제자와 결혼하여 세상을 놀라게 했고, 그는 평생을 연주와 가르치는 일로 보냈는데 '가르치며 배운다.'고 했다. 그 거장이 무엇을 배운다고 했는지 모를 일이지만 어쩌면 이 말은 궁극적으로 인간 삶의 철학 속에 내재된 말일 것이다.

　'예기'에는 "가르친다는 것과 배운다는 것은 서로 도와서 커지는 것이다. 가르치는 것이 곧 배우는 것이 되고 배우는 것이 곧 가르치는 것이 된다."고 했다.

　이 세상에 존재하는 모든 사람은 가르치는 사람인 동시에 배우는 사람이라 할 수 있으니 속된 표현으로 '바보에게도 배울 것이 있다'란 말이 된다. 그것은 단지 지식의 전수와 습득 그 이상의 인간 삶 속에서 가르침과 배움이 하나라는 의미이다. '서경' 에는 "가르친다는 것은 반은 자기가 배운다는 것이다. 가르치는 자는 가르침으로써 자기가 알지 못했던 것을 알게 된다."라고 했다.

부모의 영향으로 자식들이 부모와 동일한 직업을 갖거나 그 성향을 따라가는 모습을 자주 볼 수 있다. 항간에 소개되는 일본은, 명문대학을 졸업하고 전공과는 상관없이 가업의 맥을 이어가기 위해 허드렛일부터 배우는 젊은이들을 보면서 나는 신선한 충격을 받은 적이 있다. 근래에는 우리나라도 대학에서 음악을 전공하고 엿장수의 아버지 업을 이어 엿과 씨름하는 젊은 아들의 일하는 장면을 매스컴을 통해 봤다. 직업의 귀천을 떠나 한 직업을 천직으로 삼아 사명감으로 임하고 거기서 행복과 보람을 찾는다면 더 없는 숭고함이 있을 뿐이다.

다변화, 다양화가 시대의 흐름이라면 그 흐름을 자산으로 삼아 장인 정신으로 삶을 빚어내는 그들이야말로 시대정신을 선도하는 자들일 것이다. 자식이 부모의 업을 잇는 데는 거부할 수 없는 요소들이 있을 것인데 아무래도 유전적인 소질이 클 것이다. 사람마다 가지고 태어나는 유전적인 성향은 시기적인 차이를 넘어 표출되고 나래를 펴게 된다. 물론 성장에 따른 교육적 환경에 따라 전후의 차이는 다소 있을 것이나 사람들은 그 기저인 소질을 계발 발휘할 때 서로에게 영향을 끼치며 사회의 구성원으로 살아가게 된다.

나는 외가의 유전적 영향을 많이 받았고 음악적인 소질을 가졌으나 일찍이 그 소질을 계발할 환경까지 제공 받지 못한 시대와의 부조화로 세월을 잃었는데 거부할 수 없는 끼를 일깨우기 위해 그

끄트머리를 붙잡고 남다른 긴 시간을 보냈다. 종내는 그 소질이 밑천이 되어 천직이 되고, 가르치는 자가 되고, 사명 자가 되어 이 모양 저 모양으로 섬기는 삶을 산다.

유치, 초등, 중고등 학교에서 가르치면 교사요 그 이상을 가르치면 교수라 일컫는다. 나는 분류상 대학의 공부를 가르치는 자이지만 가르침의 철학이 있는지를 누가 묻는다면 부끄럽다.

가르친다는 것은 수많은 직업 중에서 도덕과 윤리의식에 따른 책임이 중할 뿐 아니라 고도의 정신 활동이며 수고에 따른 보람도 큰일일 것이기 때문이다. 가르치는 자가 사명감이나 준비 없이 임한다면 그 부실함으로 인하여 배우는 자가 주어진 시간 내에서 그 기회를 상실함이 될 것이고 교육적 비용만 허비한 꼴이 될 것이다. 그러나 가르치는 자가 충분한 준비와 양질의 옹골찬 질료로 임했다면 배운 자는 차후의 사회적 필요 충분한 인재가 될 것이다.

그렇다면 명강의는 누구나 할 수 없을까? 어떤 사람이 할 수 있을까? 회자하는 말 중에 '명교수는 전공 학생들이 알아듣기 쉽게 가르치고 석학은 누구나 알아듣기 쉽게 가르친다.'는 것은 말이 효과적으로 들려졌다는 것일 게다. '사르트르'는 "인간은 세상사 모든 것은 이야기를 통해서 이해한다."고 했으나 말만 잘하면 명강의가 될 것인가 라는 질문에는 객관성이 없다.

명강의로 일본 영문학 강단의 전설이 된 '요코야마 루사쿠가'의 일화가 유명하다. 그는 어느 깊어가는 가을, 강의실에 들어섰으나 창밖의 하늘과 낙엽을 하염없이 바라볼 뿐 강의를 시작하지 못하고 다시 강의를 시작하려다 결국 한마디 말도 못한 채 눈가의 눈물만 맺혔고 한 시간을 내내 그러다 강의실을 떠났으나 학생들의 가슴엔 천하의 명강의로 남았다. 이 교수의 강의는 기법이나 말솜씨가 아니라 감동이었다.

삼진 출판사 '마지막 강의' (심은우 옮김)는 2007년 9월 18일 카네기 멜론 대학교 컴퓨터공학 교수인 '랜디 포시(47)는 피츠버그 캠퍼스에서 마지막 강의를 했다. 그는 암 덩어리가 10개나 있는 말기 췌장암 환자였다. 그는 시한부 선고를 받은 환자가 아닌 유쾌하고 밝은 강의 내용으로 혼신의 열정으로 강의 했다. 비록 그 강의시간이 울음바다가 되어버렸지만 "더 꿈꾸고 다 이루라"는 말은 현재 진행형으로 학생들의 가슴 속에 살아 있을 것이다.

잘 가르치는 모범적이고 객관적인 기법은 분명히 있을 것이나 강의의 생명은 열정과 감동이라 할 수 있다.

'탈무드'에서 "아이들을 가르친다는 것은 백지에 무엇을 그리는 것과 같고 노인에게 가르친다는 것은 이미 많이 씌어 진 종이에 여백을 찾아서 써넣으려고 하는 것과 같은 것이다."

가르치고 배우는 것은 평생 할 일이나 '신명기'에 말씀하시는 하나님의 가르침의 방법을 소개하는 것이 대미의 장식이요 소망과 구원이요 확답이 될 것이다.

　"이스라엘아 들으라, 우리 하나님 여호와는 오직 여호와시니 너는 마음을 다하고 성품을 다하고 힘을 다하여 네 하나님 여호와를 사랑하라 오늘날 내가 네게 명하는 이 말씀을 너는 마음에 새기고 네 자녀에게 부지런히 가르치며 집에 앉았을 때에든지 길에 행할 때에든지 일어날 때에든지 이 말씀을 강론할 것이며 너는 또 그것을 네 손목에 매어 기호를 삼으며 네 미간에 붙여 표를 삼고 또 네 집 문설주와 바깥문에 기록할 찌니라" (신 6:4~9)

#  할아버지 말씀 전하시겠습니다

기독교 신앙의 세계관에 삼라만상 모든 생성소멸의 이치는 우연이 없다. 따라서 한 인간이 태어나고 생을 마감하는 날까지의 과정도 조물주의 섭리 속에 있다. 그 가치는 천하보다 귀하고 존엄하기 때문이다. 하나님은 인간을 그의 형상대로지, 정, 의의 인격체로 지으셨다. 그리고 그의 목적대로 사용하시기 위해 그를 알고 소명을 주시고 구별하여 세우신다.

"내가 너를 모태에 짓기 전에 너를 알았고 내가 배에서 나오기 전에 너를 성별하였고 너를 여러 나라의 선지자로 세웠노라 하시기로" (렘 1:5)

해운대 중동 작은 부락에서 태어나 청소년의 때에 신앙을 갖게 되어 예수 믿는다는 죄로 가문에서 외면당하고 친부로부터 핍박을 받았다. 성장 시기의 우여곡절 험한 세월을 지나 청년의 때에 주안에서 예정된 아내를 맞아 가정을 이루어 사회의 일원으로 교회의 청지기로 살며 두 딸을 낳아 부모 노릇을 했고 이들을 마침내 사회화시키고 믿음의 바통을 이어받게 했다.

홀로 모친을 아래로 형제들을 다 믿게 하여 기본적인 사명은 감당했으니 부끄러움은 면했다. 무엇보다 중요한 것은 막내 동생 '환웅'이 목사가 되어 성직자의 길을 가고 있으니 이보다 더 하나님 앞에 벅찬 감격이 어디에 있을까…. 나는 타고난 음악적 달란트를 천직으로 삼아 교회와 관련 기관에서 예배드리는 일로 가르치는 일로 많은 세월을 보냈고 늦은 때지만 청년의 시절에 공부했던 신학을 마무리하고 소명을 거절할 수 없다는 일념으로 힘든 나머지 과정을 넘겨 목사의 임직을 받기에 이르렀다.

하나님은 성도의 삶을 계획된 섭리 하에 세밀히 살펴서 인도하신다.

"이스라엘을 지키시는 이는 졸지도 아니하시고 주무시지도 아니하시리로다"
(시 121:4)

"나 여호와는 포도원 지기가 됨이여 때때로 물을 주어 밤낮으로 간수하여 아무든지 이를 해치지 못하게 하리로다" (사 27:3)

인간은 어리석고 둔하여 그 섭리의 은혜를 제때 깨닫지 못하고 언제나 시간이 흐른 후에야 감사와 신뢰의 고백을 하게 된다. 삶을 돌아보면 참으로 한심하고 어리석은 세월을 보냈다. 미련하고 무지하고 성실치 못하여 세월을 아끼지 못했고 그릇 행했다. 그럼에도 하나님은 거꾸러짐을 면하게 하시고 은혜와 구원의 손길로 인도하셨다. 와중에도 근근이 교회중심의 삶을 살게 하시며 때를 따라 도우시며 붙드셨다.

예배주관자 사명인 지휘자로 세워 40여 년의 세월을 섬기게 하셨고 이제 마무리를 목사로 일하게 하셨으니 중한 마음으로 임직을 받게 되어 음악 목회로 남은 때를 섬길 것이다.

하나님은 목적을 위하여 필요한 사람을 예비하시는데, 요셉이 형들로부터 미움을 받아 겨우 죽음을 면하고 애굽으로 팔려갔으나 훗날 그 나라의 총리가 되었고 굶주림을 면키 위해 그 앞에 나타난 열형들을 용서하고 살리며 종래는 모든 권속과 이스라엘을 구원의 길로 이끈다.

"당신들이 나를 이곳에 팔았다고 해서 근심하지 마소서 한탄하지 마소서 하나님이 생명을 구원하시려고 나를 당신들보다 먼저 보내셨나이다. … 중략 … 하나님이 큰 구원으로 당신들의 생명을 보존하고 당신들의 후손을 세상에 두시려고 나를 당신들보다 먼저 보내셨나이다. 그런즉 나를 이리로 보낸 이는 당신들이 아니요 하나님이시라 하나님이 나를 바로에게 아버지로 삼으시고 그 온 집의 주로 삼으시며 애굽 온 땅의 통치자로 삼으셨나이다" (창 45:5~8)

이때까지의 삶이 하나님의 일에 대하여 수동적이고 피동의 부끄러운 면면이었다면 이제 후로는 사명의 길 십자가 고난의 길로 나아가야 할 것임을 다짐해 본다.

목사임직을 받고 섬기든 교회를 행정상 여러 절차 문제로 사임하고 나니 바쁜 일이 없어졌다. 이후 추석에는 임직 후 처음으로 식솔들 앞에 설교한 후 축도를 했다. 그리고 석 달 후 마침 성탄절을 맞게 되어 다니러 온 딸의 가정과 더불어 집에서 성탄 축하예배를 드렸다. 나도 그렇지만 아내 역시 호칭 상 목사님~ 사모님~ 이란 부름에 익숙지 않을뿐더러 겸연쩍기까지 하다. 앞으로 일이 많아지고 호칭을 불러주는 성도가 많으면 자연스러워질 것이다.

모두 시간을 정해 준비케 하고 아내에게는 예배 중 기도를 부탁했다. 조촐하게 식구들이 둘러앉아 예배가 시작되어 순서에 따라 아내의 공기도 차례다. 평소에 아내는 차분한 기도를 잘했는데 오늘따라 말의 실수가 튀어나온다. 기도 자는 통상 설교할 목사를 위해 성령의 도우심을 구한다. 이른바 '이 시간 말씀 전하실 목사에게 성령을 충만케 하시므로 잘 전하게 해 주시옵소서…' 등등으로 기도해야 하는데 느닷없이 "할아버지 말씀 전하시겠습니다." 그것도 혀가 꼬이고 머뭇거리다 마침내 '설교자 목사'가 아닌 '할아버지 설교자'가 돼버리는 순간이다. 기도 중에 웃을 수도 없다. 순간적으로 황당하고 기운이 빠진다. 아니 할아버지가 설교하겠다니 이게 뭔

일인지…. 기도가 끝나고 곧이어 설교가 시작되지만, 예배 분위기를 위해 내색은 않기로 했다.

사실 상황은 이랬다. 식구들만의 예배라 손자가 설쳐대니 할머니인 아내가 아기를 보채지 못하게 안고 기도를 해야 했는데, 손자를 안은 사람은 할머니이고, 설교할 사람은 그의 남편인 할아버지이니 너무나 당연한 관계가 되었던 것이었다. 그도 그럴 것이 손자에게 할머니 할아버지가 먼저지 설교자가 먼저가 아니리는 해석도 가능한 분위기였다.

음악 목회이던 말씀 사역이든 사명을 주신이가 하나님이요 감당케 하실 분도 하나님이시니 남은 때를 성실하고 진실한 목회자로의 사명을 감당해야 함을 말씀 중에 비춰보게 한다.

"스스로 속이지 말라 하나님은 업신여김을 받지 아니하시나니 사람이 무엇으로 심든지 그대로 거두리라" (갈 6:7)

그 어떤 경우일지라도 겸손해야 하며 남의 유익을 위해 실천하는 믿음, 행동하는 양심을 보여야 함을 다짐해 본다.

"이는 우리가 다 반드시 그리스도의 심판대 앞에 나타나게 되어 각각 선악 간 그 몸으로 행한 것을 따라 받으려 함이라" (고후 5:10)

# 암시적 한 날

　서울에서 오전 11시부터 목사임직을 거행하는 일정이 기다리고 있어 식전 30분까지는 도착해야 한다. 부산에서 내뛰려면 그것도 고속열차가 아닌 도로 편을 이용해야 하니 새벽잠을 설쳐야 한다. 형제 권속들이 참석하겠노라 봉고를 준비해 아직 어두운 새벽길을 달려왔다. 약속시간 땜에 거의 잠을 자지 못했다고 푸념을 늘어놓는다. 하기야 새벽 5시쯤 출발이 되었으니 그 전에 준비하는 시간을 따지면 수잠을 자다 서너 시쯤 일어났을 테니 하루 일정이 만만찮고 피곤할 것이라 생각된다.

　출발시간은 어지간히 맞추었으니 변수만 없다면 행사장 도착은 무난할 것 같다. 그런데 봉고차의 겉은 멀쩡해 보이는데 연식이 오래되었는지 출발부터 차의 엔진음이 예사롭잖다.

　운전자 말은 장거리 여행을 대비해 간단한 점검을 했다지만 어떤 변수가 이 차로 말미암을 수 있다는 의심을 들게 한다. 그래도 오늘은 다른 날과 다르기에 우리에게 별일이 일어날까 하는 불안을 애써 잠재운다.

그렇지만 한 시간을 지나는 쯤에서는 열을 받은 엔진음은 소음에 가깝고 옆자리와 얘기도 소리를 높여야 할 지경이다. 불안하기 짝이 없다. 행사의 당사자인 나는 내심 불안이 가중되고 결국 고속도로 중에 퍼더버리는 것은 아닐까….

설마 우리에게 이런 일이 일어나진 않겠지 스스로 안심시키는 일을 반복한다. 그러나 반신반의, 혹시나 가 역시나 로 제 모습을 들러내고 만다. 구미 영천을 지날 쯤엔 엔진이 늙어 제 기능을 더이상 감당하지 못하겠다는 악다구니 섞인 절규로 뒤바뀌고 있다. 기사를 불러 이상 유무를 물으니 "글쎄요~ 조금 시끄럽네요…." 별개의치 않는 대답을 하지만 그도 불안했을 것이다.

마침내 김천의 외곽을 지날 즈음에 봉고는 악쓰던 소리를 멈추었고 남의 얘기로만 듣던 장면이 현실로 우리 앞에 펼쳐지는 순간이다. 차는 조용했고 운전하던 친구는 눈치를 채고 갓길로 몰아세운다. 변수가 생기지 않기를 쉽게 말했지만 황당한 일로 벌어지고 만다.

세상일은 남의 일이 없음을 또다시 경험한다. 인생 살면서 나만은 아니겠지 가 너는 왜 아닌데~? 로 되받아치는 답으로 어느 날 느닷없이 다가와 있음을 인정하지 않을 수 없다.


인생역정을 얘기하자면 구차스럽다. 그러나 상황적 이해를 위한 변명이 필요하다면 침묵할 수 없기도 하다.

하나님께서는 자기 백성을 통해 영광을 받으시길 원하시며 은혜를 베푸시고 믿음의 분량대로 은사도 주신다. 따라서 사명을 통해 섬기도록 하시며 특별히 소명하시고 일을 맡기신다.

성도의 삶에 우연이 없다고 믿는 것은 하나님께서는 자기 백성을 위해 역사를 주관하시고 섭리해 가신다. 머리털부터 발끝까지 세시고 보호 인도 하시는 일을 지금도 하고 계시기 때문이다.

아직 혈기 방자할 때에 신학을 접했으나 결실이라 할 수 있는 목회의 길을 걷지 못했다. 그러나 하나님으로부터 받은 달란트인 음악적 소질을 사용했고 허다한 세월을 찬양대 지휘자로 섬겨왔다.

젊은 한때 도미해 음악목사 되기를 원했지만 몇 번의 비자 발급 거부로 인해 꿈을 접었고 이후 지금에 이르렀다. 더 깨어지고 겸손하고 성숙한 섬길 자로 단련하시고 쓰시기 위해 준비케 하신 하나님의 소명을 거부할 수 없었으므로, 때늦은 열망을 다시 곧추세워 목회적 소망을 갈무리하게 된 것이다.


경부고속도로를 허리질러 퍼더버린 차에서 내려선 상황을 나는 이해할 수 없었다. "우째 이런 일이 벌어질 수 있단 말인가? 하필 지금이 어떤 때인데…." 정말 어이없는 장면 앞에 말이 나오질 않는다. 일어나선 안 될 일이 벌어졌다. 그러나 냉정하고 이성적인 순발력을 발휘하여 해결책을 찾아야 한다.

누구를 원망하고 탓하고 섰기에는 시간이 없다. 목사임직 시간에 당사자가 나타나지 않으면 어찌 된단 말인가~. 오히려 몸은 굳어 길길이 날뛰지 않는데 걱정을 앞세운 맘은 정함이 없어 뒤죽박죽되어 기도가 되질 않고 구체적인 해결 방법도 생각나지 않는다. 목사 임직 자가 임직 식 날부터 고속도로 갓길에 서서 사정없이 질주하며 바람을 일으키고 멀어져 가는 차 뒤꽁무니를 막막히 바라보고 서 있는 꼴이 기가 막힌다.

목사가 되기 위해 여기까지 달려온 시간이 수월찮았는데 시작부터 뭔가 꼬이는가 싶다. 혹시나 하고 1차선을 저속으로 달리는 차를 향해 여동생은 바람을 맞으며 아래위로 손을 젓는다. 나도 불쌍한 모습을 하고 내키지 않는 손을 내밀어 보지만 사람들은 본체만체 제 갈 길로 내뺀다.

이 대목에선 아주 짧은 생각들이 뇌리를 스친다. 잠시 후 임직을 받으면 모두 목사의 신분으로 바뀌는데 그 전에 하나님께서 믿음을 시험하시는 걸까? 앞으로 닥칠 목회의 험난한 길을 예고하고 암시하시는 것일까? 충분히 일어날 수 있는 상황을 대비치 못한 미련함일까? 아직 임직 전의 남은 그 어떤 회개를 촉구하는 것일까? 자괴감이 밀려든다. 악한 영은 기회를 엿보고 활용하며 궤계를 일삼는다.

운전하던 친구는 그래도 여유롭고 다급하지 않게 레커를 불러

놓았으니 잠시만 기다려 보자는 것이다. 수도 없이 팔을 들어 시계를 쳐다보며 조급했지만 일의 처리는 내 맘과는 달리 진행되고 있었다. 차가 퍼더버린 후 20분쯤에 레커가 경광등을 밝히며 달려온다. 그러나 시간상 일의 실마리가 될 성싶지는 않았으나 레커 기사는 세련된 기계 작동으로 봉고를 들어 올려 매달고 곧바로 고속도로를 벗어나 시내로 들어간다.

레커에 들려 매달리고 흔들거리며 가는 꼴은 생전 첫 경험이고 웃음이 절로 나온다. 그래도 비교적 가까운 곳에 정비소가 있어 부리나케 차를 두 사람과 함께 떼어 놓고 나머지를 따르게 하여 김천역으로 달렸다.

골육들은 정말 다행이라고 표현한다. 그렇다 다행이다. 그러나 하나님의 간섭하시는 은혜를 깨닫게 되는 소중한 경험과 감사의 일이 일어나고 있음이다.

10분 후에 대전으로 가는 열차가 들어온다는 역무원의 안내는 천사의 기별로 들린다. 그리고 대전에 내리면 서울행 열차로 환승이 가능한 티켓을 발급해 주니 참 고맙기 짝이 없고 우리만을 위해 온정을 베푸는 역무원으로 느껴짐은 어쩐 일인가.

김천서 대전까지 약 한 시간이요, 대전서 서울까지 약 한 시간이니 식전까지 남은 시간은 계산대로는 아주 절묘한 맞춤이다. '불행 중 다행'이라는 결과가 주는 어휘의 단언이 아니라 섬세하신 하나님의 인도 하심을 깨닫게 되는 순간이 아닐 수 없다.



서울역에 내린 시간은 식전 20분이다. 시도 때도 없이 정체되는 서울의 교통을 비집고 나오는 동안은 울화통이 터지고 헛기침과 입마름이 다급한 분위기를 말하고 있다.

식장에 들어서니 행사 정각 시간이다. 할렐루야~ !! 행사를 책임진 노 회장님이 강단에 올라가지를 못하고 우리를 기다려 계단을 응시하며 안절부절못하다가 정신없이 들이닥치는 우리를 발견하고 안도의 한숨을 내 쉰다. 사고 상황을 미리 연락해 오해는 없었다. "고생했군요~" "목사님 죄송합니다.~"

"너는 진리의 말씀을 옳게 분별하며 부끄러울 것이 없는 일꾼으로 인정된 자로 자신을 하나님 앞에 드리기를 힘쓰라" (딤후 2:15)

# 겨울의 단상

태어난 때가 초겨울 추위였다. 군불을 때던 시절이었고 구들 목 때문에 살아남았다. 해마다 추워질 때 귀빠진 날을 맞으니 계절의 정서가 몸에 배 겨울을 좋아하게 됐다.

나라의 환란은 백성을 풍상과 질곡이 늪으로 빠져들게 한다. 피폐하고 궁핍한 살림살이는 겨울이 더욱 곤비하다. 추위가 시작되는 생일을 맞고 지내왔지만, 딱히 생일상을 받아 본 기억은 아무래도 떠오르지 않는다. 동족상잔 전후의 경제 상황은 최악의 세월이었다. 거지가 득실거리고 한 끼 한 끼 먹을 수만 있다면 남의 집 식모나 머슴 노릇을 했고 목구멍이 포도청이라 먹거리가 해결되면 큰 경제활동으로 치부되었다.

예나 지금이나 화석 연료인 구공탄(연탄=구멍이 아홉 개라서 붙어진 이름)은 서민들의 든든한 자원이자 집집의 희망이었다. 창고에 연탄이 가득하면 쳐다보는 것만으로도 남부럽지 않았고 한동안 부자가 된 기분이다. 형편이 좀 낳은 집은 수백 장씩 쌓아 놓고 말리면서 불을 지펴 가스 중독사고가 드물었지만 어려운 집들은 몇십

장씩을 가지고 채 마르지도 않은 축축한 구공탄을 아궁이에 넣었다. 심한 냄새뿐 아니라 자주 꺼졌으며 자다가 일어나 불을 갈고 마르지 않은 탄일수록 가스발생이 심한 탓에 가스중독으로 죽어나가는 일이 심심찮게 일어났다. 중독은 살아도 장애인이 되어 세월을 원망하고 살았다. 남의 일이 아니었고 필자도 가스를 마시고 동치미 국물을 들이킨 적이 한두 번 있다.

어릴 때 추위가 오달지게 느껴진 것은 아마도 입을 거리가 부실했을 것이고 가나오나 따뜻한 공간이 거의 없었다. 학교 교실도 말할 것 없었고 햇살 내리는 양지를 먼저 찾아 자리를 잡는 놈이 자연의 득을 보았다. 또한, 따뜻한 먹거리를 재 때 제공 받지 못한 연유일 것이다.

겨울을 좋아하는 까닭은 단지 꽁꽁 언 못에 썰매를 타는 재미 때문이다. 집 밑 조금 떨어진 못은 여름에는 헤엄치고 겨울은 썰매를 타고 노는 유일한 놀이 공간이었다. 열 살 베기가 썰매를 직접 만들어 타는 재미는 그저 겨울이 기다려지고 못에 얼음이 꽁꽁 얼어붙기를 목 빼고 기다린다.

군불을 넣기 위해 나무하러 가는 일은 어린 나이에 감당하기 어려운 심리적 압박이었다. 방과 후 돌아오면 짧은 해가 넘어가기 전에 한 짐 나뭇가지를 꺾어야 한다.

산에 오르지만, 야산에는 거의 벌거숭이나 다름없다. 너나 할 것

없이 눈에 들어오는 나무는 죄다 꺾어 땔감으로 만들었기에 듬성
듬성 키 큰 소나무만 베임을 면하고 서 있다. 그것들이 유일하게 살
아남은 까닭은 산주(山主)들이 눈을 부릅뜨고 지켰기 때문이고 어
쩌다 겁 없이 솔가지를 꺾어 넣은 나무 짐이 발각되면 여지없이 고
발을 당했다.

어린 나이에 잎이 떨어진 나무와 가지들은 다 말라 죽은 줄 알았
으나 어느 날 나무를 하며 싸리나무 가지를 꺾다 발견한 사실은 꺾
인 가지 속에서 연초록의 연한 껍질과 물을 머금은 생명을 보았고
어렴풋이 자연의 이치를 알게 됐다.

그렇다. 겨울나무는 겉은 죽었으나 그 속에 생명을 유지하고 소
생의 때를 기다리는 숭고한 자연의 이치가 있음을…. 겨울의 나무
는 앙상한 가지만 남는다. 거의가 잿빛을 하고 삭풍과 눈보라를 묵
묵히 상대한다. 영락없이 죽은 모습이다. 그러나 그 속에 생명이 있
으매 마른 듯 죽은 듯이 때를 기다린다. 여간한 냉기와 살벌을 이
겨내고 겨우내 봄을 기다린다.

우리네 인생도 자연의 이치에서 그 숭고함을 깨달음이 있어야
할 것이다. '서풍에 부는 노래'는 영국의 Shelly의 시다. "겨울이 오
면 봄이 어찌 멀다 할 수 있으랴" (If winter comes can spring be
far behind?") 필연적으로 오고야 마는 봄이 있다면 우리가 당한
인생의 겨울 앞에서 해야 할 일이 무엇인가? 의미심장한 물음을 하

고 있다고 하겠다.

인생은 그 누구도 피할 수 없는 겨울이 닥친다. 그리고 고뇌의 터널을 지나야만 한다. 건강의 겨울에서는 병의 회복을 위한 싸움을 싸워야 한다. 불경기로 인해 사업에 실패할 수도, 인간관계로 인해 겨울이 오기도 한다. 가까운 부모와 자식 간, 친하게 지내던 이웃 간 일수도 있다. 이 모든 닥치는 환란의 겨울은 봄의 희망을 품고 치열하게 싸워 이겨야 한다.

작금의 세태는 의지가 약하여 인생의 겨울을 감내하지 못하고 스스로 무너지며 술을 의지하거나 혹은 마약에 노예가 되어 인생을 자포자기한다. 또는 우울증에 걸려 뒤도 돌아보지 않고 생을 마감하는 일이 비일비재하다. 인생의 구름이 짙게 드리워졌어도 구름 위에 찬란히 빛나는 태양이 있고 잠시 후면 걷힐 환경이 있음을 알아야 할 것이다. 자연이 섭리를 따라 혹한을 지나 새 생명을 틔우듯이 인간은 자연 미물과 다른 고상한 가치를 가지고 살아야 할 것이다. 환경의 극복을 넘어 한 번만 주어진 생의 의미를 깨달으며 희망과 용기를 가지고 삶을 개척해야 한다. 겨울이 오면 봄이 머지않았음을 알자. 봄은 얼고 억눌리고 한 맺힌 모든 환경에서 우리를 해방케 한다.

예수님을 따르던 제자들에게 예수님의 십자가에 죽으심은 겨울이자 모든 소망이 끊어졌지만, 예수님께서 부활하시고 친히 제자들을 찾아오시고 소망의 봄을 은혜로 주셨다.

인생의 그 어떤 절망과 좌절의 겨울이 닥쳐오더라도 인생의 소망

이신 예수님을 만나면 생의 찬란한 봄을 만나게 된다.


"여호와를 바라는 너희들아 강하고 담대하라." (시편 31:24)

# 내 안의 매미

인간은 동물보다 수명이 길므로 생로병사의 뚜렷한 과정을 거치고 간다. 사람에 따라 개인의 차이는 있겠으나 분명히 죽는다.

"한번 나고 죽는 것은 정한 이치"라 했으니 자연의 법칙에서 예외는 없다. 질병으로 또는 장애로, 사람들은 너무 일찍 아니면 천수를 다하지 못하고 생을 마감하는 경우를 본다.

1930년 일제 강점기 때의 평균 나이는 34세였다. (경성대 의학부 예방의학과 교실 시즈시마 하루오 교수가 조선 총독부의 인구 및 사망신고 자료를 분석해서 만들었다) 그리고 우리나라의 공식자료인 생명표가 처음 시작된 1972년에는 평균 나이가 62세였다. 그 이후로 수명은 계속해서 늘어났는데 조사된 결과표는 1991년에는 72세, 2002년에는 77세였고 2007년 현재는 79.2세이니 1930년부터 2007년까지 77년이 흐르는 동안 우리나라의 평균수명은 34세에서 79세로 늘어나 무려 45세나 오래 살고 있다는 수치이다.

지금은 옛날보다 예방의학, 의료기술의 발달과 영양을 비롯한 생활환경 개선이 작용한 터이고 앞으로도 더 수명이 길어질 것이다.

미국의 생명과학자 '제이 올생스키' 교수(노화 전문가)는 사람의 수명은 130세로 주장하고 있고 '스티븐 오스테드' 교수는 그보다 많은 150세를 주장하고 있다. 물론 이들이 주장에는 과학적이고 논리적인 근거가 있을 것이다. 그리고 일리가 충분히 있다.

이유는 성경 창세기의 기록에 의하면 '무드셀라'는 965세까지 살았으니 말이다. 태초로 젊은 지구의 환경은 생명의 근원으로 충만했을 것으로 믿어진다. 오염과 훼손이라는 말이 생기기도 전의 원초적 순연한 그 자체였을 것이다. 그 시대의 모든 사람의 평균수명이 대체로 수백 년씩이나 되었다.

그 후 족장시대와 민족시대를 거치면서 수명은 차츰 짧아졌다. "인생 칠십이요 강건하면 팔십이라." 보통사람의 수명을 말하는 시기가 왔을 때는 이미 그만큼 환경이 무너졌음을 말하고 있다 할 것이다.

현대의학의 발달은 분명히 사람의 수명을 연장하고 양질의 건강한 삶을 제공하는 것은 틀림없으나 사람마다 타고나는 오장육부의 상태는 다르고, 강건해 보이는 드러난 허우대가 어느 특정한 약한 부분 때문에 남다른 고생을 하며 질병의 십자가를 지고 사는 사람들을 많이 볼 수 있다.

조선 고종 때의 학자 이재마의 한의학 설에 의하면 사람은 네 가지의 체질을 가지고 태어나는데 태양인, 태음인, 소양인, 소음인으로 각각 체질에 맞추어 약을 써야 한다는 이론에서 출발한 것이 사상의 체질학 이다. 사람들의 다양한 체형은 모두 선천적으로 타고난 체질현상으로 비만과 수척의 체형이 근원적 장부구조의 산물이라 본다.

우리의 선입견적 시각은 많은 착각과 오해를 하고 있다. 사람을 척 봐서 허우대의 정도에 따라 건강상태를 단정하기 일쑤다. 따라서 사람은 체질에 맞는 절제된 삶을 살 때 건강을 누릴 수 있을 것이다.

젊을 때는 내재된 약함이 나이가 들수록 고질적인 약함으로 내몰리며 숙환이라는 이름으로 생을 마감한다. 또는 어느 날 느닷없이 찾아온 장애는 그 후의 생을 피폐하게 한다. 장애의 상태와 정도는 천차만별이겠으나 걸머진 사람에 따라 그 고통의 정도는 짐작을 불허한다.

대게 장애는 선천적인 것보다 후천적으로 많이 당하지만 예고 없이, 피할 방법도 없이 들어닥친다. 처음에는 강한 거부와 삶의 의욕을 상실하지만 시간이 지나면 그 자체를 인정하며 숙명으로 받아들이고 순응하는 삶을 살게 된다.


나는 30년 전부터 찾아온 매미를 키우며 살고 있다. 사전적인 매미의 삶은 4주의 화려한 순간을 위해 그의 일생은 6~7년을 고스란히 땅속에서 굼벵이로 지낸다. 그러나 어느 날 내게로 온 매미는 자연의 순환적 삶을 거부한 돌연변이로 사라지지 않은 실체로, 그 소리는 높은 소프라노(Hight soprano)의 피치를 하고 운다. 사시사철 한순간도 쉬지 않고 소리 내어 운다.

키우는 놈이라면 자랄 수 있는 환경을 만들어 주고 관심과 돌봄이 있어야겠지만 이놈은 먹겠다는 일 한번 없었고 한번 도 그 자태를 눈앞에 들어내지 않았다. 그러나 그 소리는 한결같고 지치지도 않는다.

내가 일에 몰두한다면 그놈의 울음을 잠시 잊어버린다. 그러나 그 순간은 아주 잠깐이고 곧 우는 소리를 들어야 한다. 조용한 밤이면 자장가 인양 더 피치를 올린다. 보통 수놈이 교미 상대를 위해 부르는 노래쯤으로 생각할 수도 있겠으나 이놈은 돌연변이라 교미 상대의 필요를 느끼지 않는다. 365일을 울지만, 암놈이 들락거리는 꼴을 본 적이 없다.

나는 처음 몇 년은 그놈이 우는 소리에 질려 떼어 놓기를 원했고 할 수 있는 방법을 어지간히 동원했지만, 그놈은 나를 떠나지 않았다. 할 수 없이 지친 나는 그놈과 살기로 체념했고 함께 죽기로 했다.

지금은 그 자체를 즐기고 스스로 용납한다. 그 길이 우울중에서 벗어나는 방법이기도 할 것이기 때문이다.

아직 원인이 밝혀지지 않은 이명증은 뇌의 청각신경의 회로망이

막혀 뇌 피질이 흥분 상태에 돌입하면 실제로 소리의 근원도 없으
나 소리가 나는데 청신경이 스스로 일으키는 일종의 자발 방전으
로 신경계가 침해되면 고조 음이 지속적으로 울리고, 전음계가 침
해되면 저조 음이 단속적으로 들려온다.

사람에 따라 기차 소리, 바람 소리, 매미 소리 등 다양하다는데
나는 무거운 굉음의 기차 소리도 아니고 스산한 바람 소리도 아닌
그래도 분위기 있는 매미 소리라 상대적 행복감이 있다.

오늘 밤도 내 안의 매미는 잠을 청하지 않고 자정이 지날 즈음이
다. "매미야 제발 잠 좀 자자…"

# 손자의 당부

남의 말을 잘 듣지 않는 세상이다. 급격히 변하는 정보 통신의 발달은 사람과 사람 사이의 대화를 단절시키고 기기(器機)의 수단에 몰입하게 한다. 소통과 도란도란 정겨운 얘기 나누기가 희귀한 작금의 세대다. 무(無)정서, 획일적, 무개념의 인간성이 양산되고 있으니 교육정책 또한 인간성 상실의 주범이다. 오직 경쟁에서 살아남기 위해 기계적으로 사육되는 인간이 양산될 뿐이다.

아이들이 무진장 바쁘다. 방과 후 최소한 두세 군데의 교육장을 뛰어다녀야 하니 숨 돌릴 여유도 없고 무슨 과목을 배우느라 파김치가 된다. 교과 과정에 예체능을 양념치기로 홀대하니 꿈과 정서를 먹고 자라야 할 아이들이 맘에 여유가 없고 무미건조 석회화되어 간다. 짜진 틀에 짓눌린 아이들은 외부환경에 도발적 신경질적으로 반응한다. 짜증이 많아지고 말을 잘 듣지 않는다.

쉬지 못하고 놀지도 못하고 정서가 메말라가기 때문이다. 부모의 말은 일단 부담이고 짐스럽다. 그러니 귀담아 듣지 않고 흘러 버린다. 특히 사춘기의 청소년들에게 훈계란 '어른들, 선생님 당신들이랑 잘하세요.'라고 즉각 반사되는 허튼소리일 수 있다. 기성인들의 행위가 말과 다르기 때문이며 본이 되지 못한 일탈들은 아이들로 하여금 본대로 흉내 내고 오히려 더 진화되고 흉포 잔인한 결과로 우리 앞에 나타나고 있다. 그것은 인성과 관계 교육의 첫 체계인 가정이 바로 서지 못한 탓이요 교육주체인 요즘 젊은 부모들이 '밥상머리' 교육이 안 되며 자랐고 예절, 예의, 배려 등이 훈련되지 못한 것이리라.

작금의 과학은 어쩌면 인간성 상실이라는 거름의 자양분을 먹고 발달하는지 모른다. 문명의 발전은 인간성 회복과 도덕적 정서가 균형을 이루어질 때 희망을 갖는 것이다. 적절한 훈계와 교양이 수용되고 질서가 상식이 되는 환경은 시대를 불문하고 추구되어야할 진정한 가치다.

우리는 관계 속에서 말을 주고받으며 상대를 이해한다. 상대에 대한 관계나 관심 여부에 따라 말은 달라지는데 소통에 거리낌이 없다면 당부를 할 때가 있다. 당부는 자주하는 성질의 것이 아니다.

당부가 가지는 의미가 범상치 않기 때문이며 그 말에는 사랑을 근 저한 자상하고 끈끈한 정과 호소력이 있다. 또한, 간절하고 절박한 요구가 담겨있다. 대신해주지 못하는 안타까움도 있다. 그러나 선한 결실을 기대하는 기다림도 있음을 알아야 한다.

부모자식 간 당부는 잘 되기를 바라는 애절한 소원이 있고,

부부지간의 당부에는 가정을 지키려는 의지가 있을 것이고,

사제지간의 당부는 훌륭한 사람이 되라는 기대가 차 있고,

연인간의 당부는 정절과 변치 말자는 약속일 것이며,

직장상사의 당부에는 조직을 지키고 사업의 효율과 성과를 독려
하는 의미가 있을 것이다.


아무리 무딘 사람이라도 연말연시가 되면 숙연해지는 분위기 탓
에 당부의 말에 귀를 기울인다. 새해 설날은 당부를 담은 덕담이 넘
쳐난다. 무릎 꿇고 다소곳한 자세와 경청하는 모양은 당부에 귀를
기울일까? 세뱃돈에 관심이 있을까? 비둘기 맘 콩밭에 가있는 꼴이
아닐는지~.

단출한 생활을 하다 명절이면 집이 시끌벅적하다. 그 주범들은
당연히 손주 녀석들이다. 이리저리 뛰어다니고 분잡하여 성가시지
만, 재롱을 보며 사람 사는 재미가 있어 좋다. 설 연휴가 끝났으나
둘째 여식이 며칠을 더 머물다 이제 올라가겠노라고 짐을 챙긴다.

갓 돌 지난 녀석과 합 사나이 셋을 상대하느라 늘 파김치가 되
어 웃음이 별로 없는 딸을 보니 그래 저래 어른이 되어가는 대견함
이 엿보이지만 힘들어하는 모습이 안타깝다. 저 일본에 큰 여식은
하나를 더 생산해 합이 넷이니 더 힘들겠지만 다 저들의 몫이고 인

생이니 치열하게 살아가야 할 것이다.

며칠을 묵고 올라갈 채비를 차린 짐이 장난이 아니다. 어지간한 피난민 살림살이 규모다. 여행용 소프트 백 두어 개가 이미 옆구리가 터질 지경이다. 갈 때는 짐이 더 불어나 비닐봉지가 옹기종기 들릴 차례를 기다리고 현관문을 지킨다.

차 트렁크에 짐을 싣고 모두 차에 올라 떠날 준비를 마쳤다. 손자 녀석에 다가가 차 안을 내려다보는 순간 필자는 손자로부터 당부의 말을 듣게 된다.

"할아버지, 밥 잘 먹고 응~,

공부 잘하고 응~,

교회도 잘 가세요 이…."

어처구니가 없다. 멍해 녀석을 바라보며 할 말을 잃고 엉거주춤하게 서 있다. 정신을 차리니 분명히 손자의 당부 말이다. 새해 벽두의 메시지다. 아니, 이제 세 돌을 지난 놈이 할 말은 아니다. 감히 할아버지에게 당부하고 있으니 당돌하고 기가 찰 노릇이다.

젖먹이 때부터 기억력과 눈썰미가 남달랐던 녀석이 일을 내고 만 것이다. 어른들의 인사말을 들었다가 시의적절한 표현을 한 것이다. 놀랐지만 내색하지 않고 "그래 시후도 밥 잘 먹고, 공부 열심히 하고, 엄마 말 잘 듣고~ 응?"

서둘러 해 떨어지기 전에 당도하기를 종용하며 떠나보낸다. 손자의 무심코 한 말은 영적 경각심으로 받아야 할 이유가 있다. 어쩌면 한해를 열심을 품고 사명을 감당해야 할 지침을 경고한 것일지도 모른다. 목사가 어떻게 준비되고 섬겨야 할지를 함축한 영적 메시지가 아닐까?

패역하고 불순종하는 이스라엘 백성을 향해 하나님이 모세를 통하여 주신 말씀을 여호수아는 당부한다. 당부에 귀를 기울이자. 경청하자. 무엇이 생명인지 영적 분별력을 회복하자.

"이 율법 책을 네 입에서 떠나지 말게 하여 주야로 그것을 묵상하여 그 안에 기록된 대로 다 지켜 행하라 그리하면 네 길이 평탄하게 될 것이며 네가 형통하리라" (여호수아 1:8)

# "그냥 왔어요?"

　때와 장소에 따라 격식을 갖추어야 할 복장은 있겠지만, 여름이 되면 옷차림은 가벼워지기 마련이다. 가능하면 땀과 열을 피하고자 살과 옷가지의 밀착을 피한다.

　방과 후 특기적성 교사 일을 10년 넘게 하고 있다. 오늘따라 초등 1년생 여아가 교실 문을 열고 들어오는데 아래위로 훑어보면서 "선생님 그냥 왔어요?"한다. 평소에 하지도 묻지도 않는 말이다. 느닷없는 말에 어리둥절하다 되묻는다. "무슨 말이야 왜 그러니?" 즉각 반응이다. "아이참~ 그냥 왔냐구요…"약간은 짜증 섞인 말투라 얼른 생각을 떠올리니 지금 옷차림이 바뀐 것을 보고 하는 말인 것 같다. 늘 긴 팔 남방이나 와이셔츠에 넥타이를 매고 정장 바지 차림을 보다가 오늘은 짧은 티셔츠에 면바지를 하고 나타난 선생님이 낯설고 어색하여 맘에 들지 않았던 모양이다. 선생님의 옷차림은 품위가 있어야 한다는 경고의 일침인지 모르겠다. 쟤 눈엔 선생님의 바뀐 옷차림이 못마땅하고 보기 싫었던 것이다. 집안에서 남의 눈치 볼일 없이 편하게 아무렇게나 걸치고 있다 수업시간에 나타난

퀄리티가 떨어진 선생님의 몰골로 본 것이다.

'그냥 왔느냐'는 상황 인식이 부족함과 일종의 책임을 물으며 질책하는 말이기도 하다. 염치나 체면을 차려야 할 자리에 불쑥 나타나는 결례와 무례함이 함축된 말일 수도 있다. 처신에 대한 경고다. 생각하기로 우리의 삶 속에 그냥 하면 안 되는 일이 얼마나 많은가 생태기초 체계인 가정에서부터 사회공동체 속에 그냥 하는 일이 많다. 신중하지 못하고 배려하지 못하고 치밀하지 못함과 몰이해와 구태의연과 매너리즘 그리고 무사안일이 있을 것이다. 그냥은 내가 편하고 남도 편해야 아름다운 것이다.


'그냥'의 사전적인 의미는 있는 그대로, 그 실상 그대로 자연스럽게, 줄곧 인데 속도와 개발과 성과 위주로 돌아가는 세태에 편하고 여유롭기까지 하는 그냥이라는 말을 생각게 하는 날이다.

'그냥'이란 단어 뒤에 붙는 접속어에 따라 상황은 많이 달라진다. '그냥 오세요.' 하면 초청자의 마음에 관용을 담고 있다. 상대의 형편을 흔쾌히 수용한다는 편한 부름이다. 부담 없이 응하기를 원하고 형편과 처지를 배려하는 요청이다. 있는 그대로를 용납하고 케어 한다는 사랑이 베여있는데 지금은 이런 요청이 절실해지는 흉흉한 시대를 살고 있다. 무정하고 이기적인 삶은 이웃을 외면하고 사회를 삭막하게 한다. 열림 마음으로 이웃을 살피자. 국가는 보편복지로 소외된 백성의 피폐한 삶을 어루만져야 할 것이다.

이 땅에서 그냥 오라는 은혜의 최대 요청은 하나님의 부름이며 믿고 응하는 것은 기적이요 복이다. 하나님은 구원의 길을 내사 원수 된 인간을 향하여 오늘도 간절히 부르신다.

"하나님이 세상을 이처럼 사랑하사 독생자를 주셨으니 이는 저를 믿는 자마다 멸망하지 않고 영생을 얻게 하려 하심이라." (요 3:16)


'그냥 왔다 가세요'는 편하게 들리는 말이지만 한계가 느껴지는 서글픔이 있다. 오는 것을 막진 않겠으나 갈 때는 어떤 책임도 지기 어렵다는 말이다. 외면하지 못함에서 나오는 마지못한 인사요 깃든 정이 없다. 그러나 어려운 발걸음을 하였다면 그냥 가게 하지 말고 가는 길을 살펴주자 가는 발걸음이 가벼워지게 말이다.

불교에서 공수래공수거(空手來空手去)란 말은 사람의 일생이 허무함을 이르는 말이 있지만, 그냥 왔다가는 인생은 없다. 한 인간으로서의 존엄을 가지고 태어났기에 의미 있는 삶과 가치를 남기고 가야 하는 것이다. 사람의 생명은 천하보다 귀하다 했기에 그렇다.

"내가 해 아래에서 행하는 모든 일을 보았노라 보라 모두 다 헛되어 바람을 잡으려는 것이로다." (전 1:14)

성경에서도 인생의 허무함을 말하고 있다. 그러나 인간이 주어진 삶을 살면서 이루고 누린 것이 있을지라도 하나님을 배제한 삶을 살았다면 그 인생은 전부가 헛되다는 의미이다.

환경론자들에게 '그냥'은 자연보호 유지의 최상 의미요 궁극적인 개념일 것이다. 그냥 두지 않을 때 환경은 훼손되고 황폐화의 길로 가기 때문이다. 작금의 지구환경은 말할 수 없이 망가져 가고 있다. 자타가 경험하기로 지구촌 곳곳에 환경 파괴로 인한 그 쓴 열매를 따 먹고 신음하는 형국이다.

환경보호론 자들의 외침인 '그냥 두세요'에 적극 참여하자 자연스러움은 있는 그대로 그냥 두는 것이고 순미의 아름다움이 있다. '그냥 왔어요.'하기 전에 갈 때를 살피고 준비하여 조심하자. 그냥 가지 말고 이해와 사랑을 품고 가자. '그냥 오세요.'할 때는 품위와 염치를 잊지 말자. 딴마음을 품지 말고 순전한 마음으로 부름에 응답하자. 무엇보다 한없는 사랑과 은혜로 부르시는 하나님의 음성에 귀 기울이며 즉각 반응하자. 있는 이 모습 그대로 나아가자. 긍휼을 힘입자.

# 무관심

일상에서 한 사람의 변화를 가장 먼저 느낄 수 있는 경우라면 머리를 손질할 때 일 것이다. 상황적 변심이 아니라면 단골을 찾아 주기적인 손질을 하게 된다. 예나 지금이나 주변의 사람이 어느 날 갑자기 머리 스타일을 바꾸고 맵시가 달라져 나타나면 짐작건대 실연당했거나 관계를 청산했을 것이라고 넘겨 집곤 한다.

사실 젊은 연인들 사랑은 불꽃 튀는 심리적 갈등과 자존심 싸움으로 서로의 가슴을 헤집어 놓기 일쑤다. 의도적 무관심이 중요한 무기로 사용되기도 하는데 상대방을 가장 아프고 답답하고 숨막히게 하는 치명적이고 잔인한 방법이다.

심리적 고통을 당하고 그 후유증을 신체의 변화를 시도하므로 고통과 상처를 상쇄시키기도 한다. 첫사랑에 눈을 뜨고 구체적 실체화 하는 과정에는 이런저런 사소한 관계의 부조화가 일어나고 사랑싸움은 가슴 아리고 애절한 긴장을 동반하며 때론 다시 만나지 않으리라고 몇 번이고 절교 선언을 하지만 그게 진심이 아닌 밀고 당기는 제스처였고 냉정의 시간을 거친 어느 날 설레는 맘 앞에 나타난 모습은 머리부터 옷차림까지 바뀌있다.

열정과 눈먼 사랑의 미로에서 익숙했던 자태와는 딴판이다. 마치 냉정하고 오만하여 사랑의 아픔을 말끔히 씻어내고 짝을 하찮게 여기는 뜻한 거만한 모습으로 모로 돌려 서 있다. 분명 그 사람인데 외모의 변신을 시도한 또 다른 사람이다. 다시 만나지 않겠다는 결심은 또 다른 모습 앞에 질투의 맘으로 속절없이 무너져 내린다. 사랑싸움할 때에 주는 외모의 변화들은 더 깊고 애절한 관계를 촉진하는 계기가 되기도 한다.


서로 만나 사랑하고 부부의 연을 맺어 사노라면 젊을 때의 정열은 얼마 가지 않고 이내 사라진다. 그 후로는 미운 정 고운 정이 들어 고상한 사랑의 사이라기보다 정이란 관계 중심의 삶을 이어가게 된다. 부부의 관계란 애틋한 사랑이 아닌 지긋하고 끈끈한 보살핌의 관계이다. 눈앞에 안 보이면 무슨 일이 있으니까. 눈앞에 있으면 밥이라도 챙겨 주겠지. 사람마다 정도의 차이는 있겠지만…. 사랑과 열정으로 시작한 한 몸이 남도 아닌 친한 친구처럼 되고 자식들이 이은 끈이 두 사람의 허리를 동여맨 삶을 이어 간다.

부부 관계 이상적인 가치는 무엇일까? 적어도 반평생을 꺾은 시점에선 다들 그렇게 살아가고 있다. 부부가 결혼 서약식 때 듣는 '흰 머리가 파 뿌리가 되도록'이란 약속을 다하며 살 수 있다면 분명히 이 땅에서 누리는 최상의 복이 아닐 수 없다.

부부가 사는 여러 모습 중에 정답게 사는 부부를 목격하고 행복한 가정이라 말한다. 정다움이란 무엇인가. 거기에는 곧 식을 사랑의 열정보다 세월 속에 쌓인 정과 신뢰, 배려, 봉사, 헌신의 속성들이 삶의 내공으로 나타나는 것이리라.


부부 관계의 나를 향한 질문에 답을 요구한다면 딱히 정리해줄 말이 떠오르지 않는다. 남이 보는 우리 부부는 잉꼬부부다. 서로 닮았다는 소리를 수없이 듣기도 하고 안정적인 느낌을 주는 모양이다. 우리는 피차 필요를 충족하고 그 이상을 채우기 위해 노력하는가는 아직도 숙제다. 잘 싸우지도 않고 싸울 일도 별로 없고 해서 생활 매너리즘에 빠져있는 걸까….

나는 한 달이 되면 머리카락을 자른다. 꺼댕이가 흘러내리는 참 머리 탓에 앞이마를 까 뒤로 넘기는 스타일로 해 보질 않았다. 따라서 젊어서부터 이발소보다 미용실을 이용해 커트 단장을 한다.

머리를 한 달에 한 번 치고 나면 단출한 모습을 며칠간 유지할 수 있다. 그동안은 치기 전의 모습과는 확연히 다르다. 약간의 촌스러움을 동반한 생기를 엿볼 수 있다. 그렇다면 함께 사는 사람은 바로 그 순간을 포착하고 반응을 보여야 함에도 내 마누라는 그렇지 못함에 서글픔이 든다. 하마하마 기다리지만, 며칠이 지난 어느 날 느닷없이 "당신 머리 쳤어요?"한다. 기가 차고 어이가 없다. 말이 나왔으니 말인데 내 마누라의 이런 뒷북치는 일은 한두 번 아니니 '개 소 보듯' 한 것이 틀림없다. 좋게 말해 익숙하고 편해진 실상일까. 이러고도 남은 때를 계속 살아야 하느냐는 농을 던지며 자위하지만 찜찜한 기분은 어쩌랴….



관심 없는 마누라와 계속 살아야 하나? 성경에 헤어지지 말라 했으니 말씀 순종은 해야겠고….

무관심은 인간관계에서 치명적인 해악의 요소다. 관심은 마음과 생각이 동반된 움직임이라 봤을 때 내 마누라는 남편에 대한 집중과 의식의 결여인가 형광등 반응인가?

마누라는 두 달에 한 번 파마를 하고 중간에 커트를 하고 와서 아예 선수를 치며 관심을 유도하며 "내 머리 어떻능교?" "응~ 괜찮네…." 대답을 요구하고 즉시 만족을 채운다. 남편 머리 친 걸 며칠 뒤에 묻는 마누라와 제 머리 파마한 걸 바로 물어 대답한 나와 누가 더 관심 있는 사람일까? 잭 캔필드는 '난 다만 당신에게 함께 잠

자고 밥을 먹는 그 사람을 최선을 다해 사랑하라고 요구할 뿐이다'
부부의 일상을 다독거리는 말일 것이다. 그렇다면 우리 부부의 도
토리 키 재기 논란은 여기서 멈추어야 하는가?

"남편들아 이와 같이 지식을 따라 너희 아내와 동거하고 그를 더 연약한 그릇이요
또 생명의 은혜를 함께 이어받을 자로 알아 귀히 여기라 이는 너희 기도가 막히지 아
니하게 하려 함이라." (벧전 2:7)

# 내비게이션

과학의 진보는 하루가 멀게 시시각각 첨단제품을 쏟아내고 생활의 편의성을 높인다. 정보가 어둡거나 뒤지면 특정제품을 안겨줘도 어리벙벙하기 일쑤다. 시대에 맞추어 살려면 부단히 공부해야 한다.

내비게이션이 나온 지가 수년이 지났다. 길 찾기의 총아다. 일찌감치 자동차에 매립한 사람들은 필요를 따라 첨단제품의 효용을 극대화 시키고 있다. 길눈이 어두운 택시 기사들에겐 심 봉사 눈뜬 도우미일 것이고 여유와 나들이에 갈급한 여행자들에겐 두말의 여지없이 친절한 동반자며 목적지를 빠르고 쉽게 이동을 돕는 이기일 것이다. 나 같은 다람쥐 채 바퀴 무미건조한 일상의 사람들도 탈출의 유혹을 받게 한다.

내비게이션은 GPS(global positioning system: 전 세계 위치 표시 시스템, 위성항법 장치)에서 받은 위치 데이터를 이용하여 차량의 위치를 음성으로 알려 주는데, 우리나라 방방곡곡을 국가 기본도가 안내한다. 최첨단 측량, 지도 기술인 항공 레이저 기술을 도입

하여 만들어졌고 내비게이션에 장착되어 차량의 위치한 곳에서 목
적지까지 도로 주변의 속성을 파악해 지도 위에 표시해 준다. 이
비밀스러운 시스템은 미국의 군사용으로 개발되었으나 1980년대
미국의 법률개정으로 민간인도 사용할 수 있게 되었다.


　내비게이션의 기계적 요소와 속성은 인생을 향하여 철학적 질문
을 던지고 있다. 여기는 어디인가? 갈 곳은 어디인가? 가는 방법은
무엇인가? 다시 돌아가려면 어떻게 해야 하나?
　어쩌면 인생은 내비게이션을 매립하고 목적지를 향해 달려가는
자동차 같을지 모른다. 평소 별 소용을 느끼지 못하다 마침 교단
노회 참석을 계기로 내비게이션을 구매하여 한참 늦게 문화인의 대
열에 참여하게 되었다. 요령을 따라 목적지를 입력하고 달리기로 했
다. 이전엔 낯선 길을 들은 대로, 물은 대로 찾아가고 단박에 찾지
못하면 지나온 길을 반복해 돌기도 하고 도중에 내려 지나는 사람
에게 돼 묻기도 하는 번거로움이 많았으나 이제는 생소한 길을 내
비의 안내에 따라 달리기만 하면 된다. 그러나 방향의 여부를 선택
해야 한다. 내가 가진 내비에는 고속우선과 일반우선이 있고 추천
경로와 최단경로가 있어 여러 방향 중에 선택은 운전자가 해야 하
며 방향 선택은 속도보다 중요함을 실감하게 했다.
　경험이 일천한지라 초행을 나서며 생각에 빨리 가고 도착할 수

있는 경로라 여겨 최단경로를 선택한다. 충분히 예상되고 아는 길이 펼쳐지고 있으나 내비에서 눈을 뗄 수가 없었고 결국 목적지 도착은 예정시간을 훌쩍 넘긴 후였다. 실은 낯익은 고속도로로 안내를 받을 줄 알았는데 그게 아니라 최단경로는 출발지에서 목적지까지 가장 짧은 직선거리를 구성해 프로그램화된 것임을 알았다. 이 경로는 쭉 뻗은 고속도로를 비켜 복잡한 도심 중앙을 가로질러 안내를 하고 있다. 시도 때도 없이 밀리고 꼬리를 무는 시내를 벗어나는데 시간을 모두 허비하고 말았으니 왕짜증일 수밖에.

여기가 어디인가? 어느 위치에 있는가를 묻는다면 우리는 있을 자리에 있다고 대답해야 한다. 부모로, 자녀로, 각계각층 각양각색의 높고 낮은 사명의 인생자리가 있으며 지켜야 할 의무와 책임도 있다. 자기 자리를 벗어나 있다면 질서가 깨어졌음이요 허랑하고 방탕과 술수의 자리일 수 있다. 자기의 위치를 아는 것은 자기 정체성이자 삶의 본질이다.

갈 곳은 어디인가? 내비의 안내를 따라 자동차가 달리듯이 인생길도 안내자의 인도를 따라가야 한다. 인생은 지구라는 무대 위에 잠시 배역을 맡아 연극을 하고 내려오는 배우와 같다고 했던 가 인생에 연습이 없다. 역방향은 선택의 문제요 생명으로 귀결된다.

예수님은 인생을 향하여 삶의 목표와 구원의 길을 제시하신다.

가는 방법은 무엇인가? 경로의 선택은 목적지를 순적하게 도달

하게 하는 신중한 자기 확신이자 결단이다. 하나님은 인간을 향하

여 복과 화의 양단 선택을 요구하신다.



인생길은 끊임없이 선택하며 방법을 찾는 고통의 여정일지라도

무지몽매한 길에서 돌이키고 올곧은 선택을 한다면 형통의 길로 구

원의 길로 인도함을 받게 될 것이다.



다시 돌아가려면 어떻게 해야 하나? 인생은 연습이 없으니 되돌

아갈 수 없다. 목적지를 향했다면 종착역이 있을 뿐이다. 목적지를

향한 내비의 방향설정이 속도보다 중요하듯이 인생의 목적지향점

은 삶의 과정에 용해되고 구체화 된다. 인생의 진정한 방향설정은

종말의 삶을 사는 것이요 구원의 길로 나아가는 것이요 구원을 이
루는 삶이다.


"한번 죽는 것은 사람에게 정해진 것이요 그 후에는 심판이 있으리니" (히 9:27)

 # '나는 찬송하는 자다'

근래에 들어 오디션 프로그램 열풍이 방송가를 중심으로 황금 시간대를 장식하고 있다. 가수 뽑기에는 수많은 지원자로 북새 통을 이룬다. 연기자와 아나운서들도 TV 공개 오디션을 통해 뽑고 특히 서바이벌 프로그램은 기성가수들을 끌어들여 피 말리는 대결로 내몬다.

오디션은 불특정 다수를 균등한 기회를 통해 희망과 비전을 제공하므로 꿈을 이루고 신분상승과 삶의 반전을 꾀할 수 있는 긍정적인 면이 있다. 노래 오디션에 청소년들이 많이 몰리는 것은 사람의 몸이 악기고 얼마간의 훈련과 타고난 성대를 가졌다면 일단 도전해 볼 가치가 있기 때문이다.

노래는 전달하고자 하는 메시지를 멜로디에 담아 부르는 것이고 받는 상대가 있다. 따라서 듣는 사람은 노래의 성격에 따라 자신의 처지를 감정이입을 통해 어느 정도의 위로를 받기도 하고 애창곡이 되기도 한다.

프로가수들의 생존경쟁 게임에서는 느끼게 하는 몇 장면들이 감동을 불러일으킨다. TV 방송의 청중 평가단 앞에서 옥죄는 긴장을 못 이겨 손가락이 경련을 일으키며 떠는 모습과 대기실에서 순서를 기다리며 타는 목을 헛기침하며 안절부절 애쓰는 것은 진솔하고 공감하는 노래를 부르기 위한 몸부림이다.

혼신을 다해 불러서 전달하고자 하는 메시지가 청중의 맘을 파고들기를 간절히 바라는 것이다. 그들의 열창은 청중들의 마음을 움직이며 뭉클한 감동을 넘어 오열을 자아낸다.

이런 작금의 방송프로그램을 접하면서 기독인의 신앙 환경에 대하여 많은 문제를 생각하게 된다. 노래가 듣는 사람이 있듯이 크리스천의 노래에도 받는 상대가 있는데, 불신자이면 전도를 위한 구원의 간절한 열망과 호소력으로, 예배라면 받는 상대가 하나님이므로 온 정성과 맘을 다해 불러야 한다. 대중가수들이 청중의 맘을 움직이기 위해 열창을 하는 만큼의 진정성이 우리의 찬송행위에 나타나느냐고 스스로 묻고 찬송의 회복을 위한 다짐이 있어야 할 것이다.

우리는 익숙한 예배로 타성에 젖은 형식적인 가창에 빠지기 쉽다. 가사의 의미를 소홀히 하고 진정성이 결여된 입술만 달싹거리는 구태의연한 순서에 순응하고 있는 것인지 모른다.

찬송의 의미를 새겨 혼신을 다하는 드림이 없는 가창이라면 하나님이 받지 않으시고 감동도 없을 것이다.

솔로몬이 성전을 건축하고 노래하는 레위인을 세워 제사 드릴 때 하나님께서 감동 받으시는 장면이 나온다.

"나팔 부는 자와 노래하는 자들이 일제히 소리를 내어 여호와를 찬송하며 감사하는데 나팔 불고 제금 치고 모든 악기를 울리며 소리 높여 여호와를 찬송하여 이르되 선하시도다 그의 자비하심이 영원히 있도다 하매 그때에 여호와의 전에 구름이 가득한지라 제사장들이 그 구름으로 말미암아 능히 서서 섬기지 못하였으니 이는 여호와의 영광이 하나님의 전에 가득함이었더라" (대하 5:13-14)

하나님은 인간을 지으신 목적이 찬송을 받으시기 위함이고 찬송은 조물주 앞에 인간행위의 본분이며 존재 이유다.

"이 백성은 내가 나를 위하여 지었나니 나를 찬송하게 하려 함이라."  시 43:21
"호흡이 있는 자마다 여호와를 찬양할 지어다 할렐루야" (시 150:6)

'나는 가수다.'이는 프로가수들의 정체성의 외침이자 존재가치를 선언하는 것이다. 노래를 통해 청중을 충분히 감동 시킬 사명을 일깨우는 말이기도 하다. 그렇다면 '나는 찬송하는 자다.'라고 외침은 어떤가? 날마다 하나님의 영광을 선포하고 죄에서 구원하신 그 무한하신 사랑과 은혜를 노래함이 어떤가….

"나의 혀가 주의 의를 말하며 종일토록 주를 찬송 하리이다." 시 35:28 "그러면 어떻게 할까 내가 영으로 기도하고 또 마음으로 기도하며 내가 영으로 찬송하고 또 마음으로 찬송 하리이다." (고전 14:15)

'나는 찬송하는 자다.'라고 외치며 사는 것은 인간을 지으신 목적에 순응하는 것이고 사명을 이루어 가는 모습이 될 것이다.

"내가 평생토록 여호와께 노래하며 내가 살아있는 동안 내 하나님을 찬양 하리이다" (시 104:33)

부끄러운 영혼은 찬송을 부를 수 없다. 오직 구속 받은 자만이 하나님을 찬송할 수 있다. 우리가 하나님 앞에 노래의 프로가 되자. 외모를 취하지 않으시고 있는 내 모습 그대로를 받으시는 구원의 하나님을 찬송하자. "나는 찬송하는 자다…"라고 자부하며 하나님을 감동 시킬 찬송을 드리자. 우리의 존재가치는 하나님 앞에 찬송의 프로가 되는 것이다.

"하나님이여 내 마음을 정하였사오니 내가 노래하며 나의 마음을 다하여 찬양하리로다." (시 108:1)